Alles wegen Atze

Die Ereignisse und Personen in diesem Buch sind frei erfunden. Ähnlichkeiten mit lebenden Personen sind zufällig und nicht beabsichtigt.

Michael Adler

Alles wegen Atze

Impressum

Die Deutsche Nationalbibliothek verzeichnet diese Publikation in der Deutschen Nationalbibliografie; detaillierte bibliografische Daten sind im Internet über http://dnb.dnb.de abrufbar.

TWENTYSIX
Eine Marke der Books on Demand GmbH

© 2022 Michael Adler
Herstellung und Verlag:
BoD – Books on Demand, Norderstedt
ISBN: 978-3-740-78768-4
Umschlagsillustration: Michael Adler

„Wir müssen los!" Frau Stark wartete am offenen Wagenschlag ihres kleinen Lieferwagens und trommelte ungeduldig mit den Fingern auf den oberen Rand der Autotür. „Kann ich nicht zu Hause bleiben?" Hanna stand immer noch auf der Steinstufe, die zur Haustür des kleinen Bauernhauses hinaufführte und mühte sich, den Hausschlüssel herum zu drehen. „Mama, es klemmt wieder." „Du musst die Tür anziehen, kräftig, dann geht es auch." Mutter Stark wurde noch ungeduldiger, als sie ohnehin schon war. Es war spät und bis sie in Aurich auf dem Markt waren, würden die besten Sachen wieder weg sein.

Aber so war das eben, wenn man berufstätig, alleinstehend oder fast alleinstehend, mit zwei Kindern und einem kleinen Bauernhof dastand und Samstagmorgen der einzige Tag war, an dem man halbwegs in Ruhe einkaufen konnte. Aurich war zwar etwas weiter, aber es galt neben den Lebensmitteln für die Familie noch das ein oder andere für den Hof zu besorgen und in Aurich gab es auch die Angebote für Landwirte und Pferdehalter.

Hanna schien zu verzweifeln. Frau Stark ging kurz entschlossen zurück, gab der Tür den notwendigen Ruck und drehte den Schlüssel um. Dann zerrte sie Hanna mit zum Wagen. „Los jetzt, der Markt wartet nicht auf uns." Jannik saß schon auf der Vorderbank des klapperigen Pritschenbusses und drehte das Steuer nach links und nach rechts. „Brumm, Bruuumm." Er legte sich auf die rechte Seite und zog das Steuerrad herum. „Los Jannik, rück mal." Jannik wurde in die Mitte geschoben und Hanna kletterte in der Zwischenzeit von der anderen Seite ins Führerhaus. „Warum kann ich denn nicht beim Fohlen bleiben?", quengelte Hanna noch einmal, wohl wissend, dass jede Diskussion inzwischen zwecklos war, denn der Motor lief und das Auto knirschte über den Feldweg auf die asphaltierte Straße zu.

Das Fohlen war erst wenige Wochen alt und wenn die Starks unterwegs waren, musste es natürlich bei seiner Mutter im Stall bleiben aber kaum durften sie auf die Weide hinter dem Haus, dann schien es als gäbe es nichts Schöneres für das Fohlen als sich mit der Mutterstute in Kraft und Schnelligkeit zu messen. Das war natürlich noch viel zu früh und es endete meist damit, dass es nach einigen aufgeregten Sprüngen ganz schnell das prall gefüllte Euter suchte, während Lisa es geduldig gewähren ließ.

Hanna war bei der Geburt dabei gewesen und die Familie hatte beschlossen, dass es Ronda heißen sollte und Hanna es pflegen durfte. Das Fohlen würde eine Schönheit werden auch wenn es noch etwas struppig war, konnte man es erahnen. Dunkles Kastanienbraun mündete in den Fesseln und in der Mähne in Schwarz und auf der Stirn leuchtete ein weißer Stern.

Der Markt in Aurich war bereits im vollen Gange, die ersten Bauern bauten schon wieder ab, sie hatten gut verkauft. Die Leute kamen aus ganz Ostfriesland nach Aurich zu Markt. Hanna half ihrer Mutter tragen. Einmal hatten sie schon die vollen Taschen in den kleinen Lieferwagen gepackt, den Sack Kartoffeln, das Gemüse, die Äpfel und inzwischen waren sie ein zweites Mal unterwegs. Hanna balancierte eine Stiege mit Eiern, Jannik hopste und sprang wie ein Kaninchen hinterher, obwohl ihn die Baumwolltasche mit dem Schweinebraten, den Mohrrüben und dem Käse eigentlich auf der Erde halten musste. „Ich brauche noch einen Striegel und der eine Hufkratzer ist auch verschwunden." Frau Stark steuerte dem Teil des Marktes zu, wo die Stände mit Ausrüstung und Futter für Tierhalter waren. Von weitem hörten sie ein Quäken und Blöken, als werde eine Herde Schafe durch den Markt getrieben, doch Fehlanzeige, kein Schaf weit und breit. Stattdessen wurde das Geräusch, das sich auch zeitweise wie das grobe Scheppern eines

Blecheimers anhörte, immer lauter. „Das ist ja entsetzlich", stieß Frau Stark hervor. Keine zehn Meter entfernt war an einen Stand ein junges Maultier angebunden und schrie sich die Seele aus dem Leib. Es war höchsten siebzig Zentimeter hoch, hatte den Hals nach vorne geschoben, bleckte den kleinen nach vorne stehenden Kiefer und wieherte und schrie in einer Tour. „Oh, Gott." Frau Stark blieb stehen, Hanna blieb stehen. Die Marktbesucher machten um den Stand einen großen Bogen.

Leder Bruns stand ungerührt daneben, kratzte sich den Kopf und schien zu überlegen, was zu tun sei. „Moin", Mutter Stark dachte an ihren Hufkratzer. „Wo haben sie den denn her?" Sie konnte eine gewisse Abneigung nicht verbergen. „Der kommt von Rüssmann sein Stall", antwortete Leder Bruns und war etwas verlegen. „Soll ich aber nech sagen, wo er her ist, sonst erfährt noch alle Welt, wo das Unglück passiert is." Leder Bruns schaute bedeutungsvoll. „De Henning Rüssmann hat ´secht, dat er ihn wohl ersäufen lassen will, da han ick ihn ma besser mitgenommen." Er schaute Frau Stark vielsagend an.

Jannik hatte sich inzwischen vor dem kleinen Wesen aufgebaut und schaute es prüfend an. „Es ruft nach seiner Mama", diagnostizierte er und mit vorwurfvollen Blick zu Leder Bruns „Und Hunger hat es auch." „Was wollen sie denn damit machen", fragte Frau Stark. „Na, für sagen wir fofftig Talers, wär da schon wat to maken", meinte Leder Bruns, „aber nur für jemanden, der wat davon versteht." „Nein, nein um Himmels Willen, ich will ihn nicht haben." Frau Stark trat unwillkürlich zwei Schritte zurück. „Warum nicht Mama, der braucht doch jemanden." Jannik war inzwischen auf das Tier zugegangen und hielt ihm eine Möhre hin, die er aus seinem Einkaufsbeutel gezogen hatte. Sofort suchten zwei dicke Lippen nach der dargereichten Köstlichkeit. Das Tier klappte die Ohren nach vorne, beruhigte sich und begann an der Mohrrübe zu lecken und zu kauen. Für einen Augenblick schien es das Unglück vergessen zu haben, dass es so herzerweichend oder doch eher knieerweichend hatte schreien lassen. „Wir könnten es gemeinsam mit dem Fohlen aufziehen", schlug Jannik vor. Für seine elf Jahre machte er höchst pragmatische Vorschläge. „Das kommt gar nicht in die Tüte", sprang Hanna dazwischen. „Lisa ist schließlich die Mama vom Fohlen, nicht von dem da." „Das ist ungerecht", schrie Jannik plötzlich, „Ich will auch ein Fohlen und ich will den da."

Frau Stark verschlug er für einen Augenblick den Atem. Nicht noch ein Tier, das wäre jetzt einfach zu viel. Der kleine Hof, der ja eigentlich kein ganzer Hof war, beherbergte inzwischen zwei Großpferde, das Fohlen, den Haflinger, Beute, den alten Schäferhund, Mia, die Hauskatze, daneben drei weitere Katzen, die gar nicht dazugehörten, aber inzwischen auch da wohnten, sieben Hühner, zwei Entenpaare auf die man ständig achten musste, denn der nahegelegene Weiher war auf der andere Seite der Landstraße und die Enten überquerten diese Straße, wann immer es ihnen beliebte, brav im Entenmarsch, eine hinter der anderen und es blieb nicht aus, dass Frau Stark von Zeit zu Zeit in ihrer Küche das verdächtige Quietschen von Autoreifen vernahm, ein paar freche Raben, die versuchten den Hühner das Futter zu stehlen und die wirklich nicht zum Hof gehörten und zu allem Überfluss musste im letzten Frühjahr Thomas auch noch mit einem schottischen Highland Rind ankommen, das er einfach toll fand, das wie ein Scheunendrescher fraß und zu nichts nutze war, außer man wollte es schlachten. Aber auf dem Hof wurde nichts geschlachtet. „ ... weil wir schließlich hier gemeinsam leben und nicht gemeinsam schlachten." In diesem Punkt kannte Frau Stark überhaupt keinen Spaß.

Die Kaninchen im Stall hinter dem Schuppen waren ihr für einen Augenblick in ihrer Aufzählung entfallen. ... und jetzt auch noch dieses schreiende, blökende kleine Teufelchen, dass so blöde aussah, dass man annehmen musste, es rennt vor den nächsten Baum glatt davor, wenn es losgebunden werden würde. Das kam nicht in Frage. Es reichte!

Jannik stellte sich vor seiner Mutter auf. Er stemmte seine kleinen Fäuste in die Hüften. „Ein richtiger kleiner Stark", dachte Frau Stark für einen Augenblick, „Ganz wie sein Opa." Sie wusste was jetzt kam, der kleine Mann war fest entschlossen. Nun gut, Schlagabtausch. „Ich will dieses Maulpferd haben", Jannik funkelte sie von unten an. „Das ist meines." „Es heißt nicht Maulpferd, Du Dummerchen es heißt Muli", krähte Hanna dazwischen. „Ich will, ich will das gibt's nicht", antwortete Frau Stark. Der Konter war gut vorbereitet gewesen, leichte Übung. „Ich bleibe hier." Jannik hatte nach gelegt und brachte es noch fertig: „Außerdem ist es mir egal, wie es heißt: Muli oder Kuli oder sonst was." Seine Lippen pressten sich fest zusammen. „Jannik, hör zu." Zu spät, sie merkte, dass sie einen Millimeter zurück gewichen war. Hanna platzte dazwischen: „So ein hässliches Vieh, da lachen ja die Nachbarn." „Es ist mir egal, ob es hässlich ist. Ich hab es lieb", stieß Jannik hervor. „Mama Du hast doch immer gesagt, wenn man etwas lieb hat, ist es egal ob es hübsch oder hässlich ist!" Jannik hatte aus der Tiefe seiner Seele gesprochen. Das war ein Volltreffer. Frau Stark schaute ihren Sohn an. Sie seufzte tief. Die Zitadelle war gefallen, mit einem Streich.

Die Rückfahrt verlief ebenso eigentümlich, wie sie auch einsilbig verlief. Jannik saß höchst befriedigt zwischen seiner Mutter und seiner großen Schwester in der Mitte auf der Sitzbank. Hanna war sauer und trat in Abständen von innen gegen das Autoblech des alten Pritschenwagens und sann darüber nach, wie sie es verhindern konnte, dass dieser grässliche „Kretin" sich an Mama Liese heranmachte und Mutter Stark war der Verzweiflung nahe, denn sie ahnte ganz entfernt, dass ihr einer dieser Fälle ins Haus stand, den man nie gewollt hatte und den man nie mehr los werden würde. Hinten auf der Pritsche stand das kleine Maultier angebunden, blökte und versuchte während der gesamten Fahrt das Gleichgewicht zu halten, was ihm auch erstaunlich gut gelang.

So rollte der kleine Lieferwagen quer durchs halbe Ammerland, die Landstraße entlang, über die kleine Brücke, den Feldweg hinunter und wieder in den Hof hinein, auf dem sieben Hühner höchst verwundert die Ankunft eines neuen Hofbewohners mit aufgeregtem Gegacker kommentierten.

„Los Jannik, die Milch." Frau Stark hatte ihre Arme fest um das blökende, schreiende Wesen geschlossen, um es von der Ladefläche des Wagens zu heben. Jannik wusste was zu tun war und rannte zum Haus. Hanna nahm missmutig die Einkaufstasche mit dem Gemüse und schleifte sie demonstrativ auf der Erde hinterher. „Hanna!" Frau Stark hatte den ersten Brüller losgelassen. „Die Tasche!" Das fehlte jetzt noch, dass mit diesem komischen Kasper auch noch Streit ins Haus kam.

Hanna maulte etwas, was glücklicherweise niemand verstand und hob die Tasche an. Frau Stark band das kleine störrische Wesen kurzer Hand an den Pfosten des Vordaches über der Haustür und räumte erst einmal ihren Wagen aus. Zu ihrer Verwunderung trat jetzt eine Pause ein. Der kleine Kerl war offensichtlich froh, wieder festen Boden unter den Füßen zu haben. Neugierig untersuchte er die Stäbe des Treppengeländers. Hanna schleppte die Kartoffeln in die Küche. „Lisa ist die Mama vom Fohlen, nur dass Du´s weißt", warf sie dem Neuankömmling zu, doch ihre Stimme klang längst nicht mehr so entschlossen, wie sie es sich eigentlich gewünscht hatte, als sie in die großen Eselsaugen blickte. Irgendwie fand auch sie, dass dieser eigenartige Kauz eher erbärmlich und bemitleidenswert aussah.

Inzwischen war Beute der alte Schäferhund herausgekommen. Erst pirschte er sich geduckt die Treppe hinunter, doch dann wedelte er aufgeregt, als er den Geruch wahrnahm. „Der gehört jetzt zur Mannschaft." Frau Stark sah ihren alten Weggefährten eindringlich an. „Auf den müssen wir, glaube ich, aufpassen." Wie zur Bestätigung schlug der alte Hund seinen Schweif heftig hin und her, um gleich darauf mit der bei Hunden üblichen Geruchskontrolle den Neuankömmling erneut vollends in Panik zu versetzen. Das Quäken und Blöken ließ Beute hingegen völlig unbeeindruckt.

Jannik kam zurück. Er hatte angewärmte Milch in eine große Saugflasche gefüllt und hielt sie dem kleinen Maultier entgegen. Dieses hatte offensichtlich noch nie eine Saugflasche gesehen und brüllte unbeirrt in einer Tour weiter. „Nun mal los Jannik", meinte Frau Stark. „Jetzt muss er mal langsam Ruhe geben, sonst bringe ich ihn gleich wieder dahin zurück, wo er hergekommen ist." Jannik wusste, dass sie es nicht ernst meinte. Seine Mutter wehrte sich zwar mit Händen und Füssen dagegen, dass weitere Tiere auf den Hof kamen, aber sie hätte niemals ein Tier abgegeben. Selbst als der Hahn im Frühjahr überfahren worden war, war sie todunglücklich gewesen, obwohl er jeden Morgen um halb fünf die ganze Familie nur genervt hatte und auch schon steinalt gewesen war.

Jannik nahm den kleinen Schreihals entschlossen fest in den Arm und schob ihm die Saugflasche einfach in das Maul. Der merkte sofort, dass da etwas Warmes und angenehm Süßes auf seine Zunge träufelte und begann gierig zu saugen. Nach wenigen Minuten konnte man das laute Geräusch vernehmen, das entsteht, wenn eine Flasche leer ist und nur noch der schaumige Rest durch den Sauger gesogen wird.

Jannik war zufrieden. „Jetzt bring ich ihn zum Haffi", verkündete er. „Er will bestimmt heute Nacht nicht alleine schlafen." Er band das Maultier los, das sich nun willig an der Leine führen ließ, während die kleine Schnauze immer wieder versuchte, den Sauger der Milchflasche zu erreichen, die Jannik in seine Hosentasche geschoben hatte.

Hanna und Frau Stark hatten inzwischen den kleinen Transporter ausgeräumt und dachten daran, sich erst einmal um das Mittagessen zu kümmern, als von draußen wieder das jämmerliche Geschrei zu hören war. „Hoffentlich geht das nicht so weiter", Frau Stark war sichtlich erschöpft. Nur gut dass Hanna nicht wieder von dem Fohlen und seiner Mama anfing.

Das Gatter zur Weide stand halb geöffnet und Jannik versuchte seinen kleinen struppigen Schützling mit den riesigen Ohren an der Leine hineinzuziehen, während der sich nach Eselsmanier fest in den Erdboden verbockt hatte. Hinter dem Gatter stand der Haffi und schnaubte verächtlich. Von weitem beobachtete die Mutterstute das Schauspiel, während das Fohlen sich neugierig herangemacht hatte. „Ich glaube der Haffi hat ihn erschreckt", Jannik mühte sich nach Kräften, aber er hätte das Maultier eher umgeworfen, als es auf die Weide zu ziehen.

Der Haffi war ein kräftiger Haflinger Wallach, der für seine Rasse ziemlich groß geraten war und zurzeit war er Frau Starks bevorzugtes Reitpferd. Lisa, ihre Oldenburger Stute hatte sie geschont, schon lange vor der Niederkunft und sie hatte angefangen mit dem Haflinger zu trainieren. Das war eine ganz neue Erfahrung gewesen. Der Haffi erwies sich als ausgesprochen gelehrig und diese Bewegungen unter Anleitung seiner Reiterin schienen im Spaß zu machen.

Das dritte Pferd war Jette. Jette war eigentlich mehr ein Geist, als ein Pferd. Sie war siebenundzwanzig Jahre alt und die ganze Familie wartete täglich darauf, dass sie von einer Sekunde auf die andere tot umfiel. Meistens stand sie am Zaun und döste. Immer blickte Sie in dieselbe Richtung und man hatte das Gefühl, als müsse sie sich den ganzen Tag vom morgendlichen Weg vom Stall auf die Weide ausruhen. Nur wenn Besuch kam, war sie immer die erste am Zaun, um irgendeine Rascherei zu ergattern. Ihre dicken Pferdelippen waren gefürchtet, und es war schon vorgekommen, dass sie die Brusttasche einer Arbeitsjoppe zu fassen kriegte, um sie mit einem kurzen Ruck zu entfernen, nur weil ihr der Duft des Tabaks aus dieser Tasche einfach zu Kopf gestiegen war.

Diesmal jedoch war es der Haffi, der in einiger Entfernung tänzelnd vor dem offenen Gatter stand und das kleine Maultier offenbar so beeindruckt hatte, dass dieses fest entschlossen war keinen Hufbreit mehr weiter zu gehen. Frau Stark rief das kräftige Pferd mit der hellen Mähne und dem hellbraunen Rücken. Die Mohrrübenstückchen bedeuteten Freundschaft und das Zeichen, dass er hier die Nummer eins war. Er war ein etwas ungestümer temperamentvoller Kerl, der keinen Schabernack ausließ. Manchmal hatte Frau Stark den Verdacht, dass bei seiner Kastration etwas schiefgegangen sein musste. Auch jetzt glaubte er sich zunächst am Hosenträger der blauen Latzhose von Jannik gütlich tun zu müssen.

Jannik schob ihn weg: „Lass das, schau lieber, wen ich hier bringe." Der „Haffi" legte ein Ohr nach hinten, während das andere Frau Stark zugewandt war. Die Möhren waren offensichtlich doch interessanter als der Neuankömmling und Janniks blaue Hose zusammen. Inzwischen hatte der kleine Kerl wenigstens aufgehört zu schreien. „Der bleibt jetzt hier", fuhr Jannik fort. „Du musst ein bisschen auf ihn aufpassen. Außerdem ist er jetzt Dein Freund." Der Haffi schlug zur Antwort kurz mit seinem Schweif hin und her und versuchte sich mit dem Hinterlauf am Bauch zu kratzen.

Dem Maultier schien die Begegnung weiterhin unheimlich zu sein. Jetzt zog es in die andere Richtung. „Komm jetzt!" Jannik hielt dagegen. „Hier ist Dein neues zu Hause." Doch das Maultier blieb störrisch. „Der Haffi tut nichts." Wie zur Bestätigung schnaubte der Haffi noch einmal. Doch es klang nur verächtlicher als zuvor.

Frau Stark waren die Faxen inzwischen zu dumm. Sie bückte sich kurzerhand, umfasste den kleinen Kerl wieder mit dem bereits geübten Griff und trug ihn einige Schritte auf die Weide. „Wie Du ihn in den Stall bekommst und wie die beiden sich vertragen, ist jetzt Deine Sache", meinte sie zu Jannik, als sie ihn absetzte. „Sie müssen sich erst einmal aneinander gewöhnen." Jannik schob das Gatter wieder zu: „Dann wird's schon gehen."

Der kleine Hof lag nicht weit von der Landstraße entfernt, die sich in einer weiten Kurve durch das flache Land zog. Die vorbeifahrenden Fahrzeuge mussten alle über eine steinerne Brücke, die nur knapp hundert Meter vom Starkschen Hof entfernt einen Bach überquerte und wer auf den Starkschen Hof wollte, musste direkt hinter der Brücke hinunterbiegen und den holperigen Feldweg entlang zum Hof fahren.

Der Bach kam von Norden und wand sich durch das Weideland, um irgendwo im Süden im einem der Kanalgeflechte im Moor zu verschwinden. Kurz hinter dem Hof speiste er etwas unterhalb einen kleinen Weiher, um sich dann weiter zu schlängeln und die Weiden, die Obstbäume und den Garten ausreichend zu versorgen. In den Sommermonaten führte er nur wenig Wasser, aber im Frühjahr überschwemmte er regelmäßig die Weiden, die dann sumpfig und kaum benutzbar waren, bevor er sich entschloss sehr viel weiter südlich wieder in sein Bett zurückzufinden.

Als Frau Stark hierher gekommen war, hatte der Hof schon einige Zeit auf einen neuen Besitzer gewartet. In den Jahren zuvor hatte ein alter Mann dort alleine gehaust.

Über Jahre hinweg, so erzählten die Nachbarn, hatte er niemanden auf den Hof rauf und niemanden in die Stube rein gelassen. Ein eigensinniger Sturkopf, der von dem lebte, was er selber anbaute und ernten konnte.

Doch ohne Ertrag kann man einen großen Hof nicht lange halten und so hatte er das Land um sich herum Stück für Stück verkauft. Die beiden angrenzenden Höfe waren immer größer geworden und hatten ihn langsam eingeschlossen und nur das Wohnhaus, die große Scheune mit der Weide und ein paar kleine Nebengebäude waren jetzt noch übrig.

Der Reitplatz hinter der Scheune gehörte schon Konrad Ahrens. Mit Konrad gab es ein gutes Auskommen. Er hielt auch Pferde zum Springen und zur Dressur. Nur mit Hinnerk, Hinnerk Jensen dem Nachbarn zur Rechten gab es immer irgendetwas. Hinnerk hätte den Resthof gerne gehabt, aber es hatte ein Testament gegeben, in dem der alte Mann verfügt hatte, dass ein Verkauf nur in Frage kam, wenn gewährleistet wurde, dass weder der Jensenhof, noch der Ahrenshof erwerben würde. Also war Hinnerk Jensen sauer und ließ das hin und wieder mal „die Dame aus der Stadt" spüren. So ist das halt auf'm Land, da muss man schon mal was abkönnen auch wenn man für so ein eigenartiges Testament eigentlich gar nichts kann.

Dabei war der kleine Resthof gar nichts Besonderes. Das Wohnhaus war eher bescheiden, keine große Halle hinter dem Eingang oder ein hochherrschaftliches Treppenhaus. Grade genug Platz für eine kleine Familie, für vier oder höchstens fünf Personen. Die Räume oben hatten alle Schrägen und die Treppe war aus Holz und jede zweite Treppenstufe knarrte. Die Scheune war reichlich ramponiert gewesen. Der Dachstuhl hatte zur Hälfte gerichtet werden müssen und einige Gefache mussten ebenfalls erneuert werden.

Hinter dem Haus gab es einen Gemüsegarten, der an eine Wiese grenzte auf der schöne und gepflegte Obstbäume standen. Der Garten und die Obstbäume entschädigten Frau Stark für vieles, was an den Gebäuden nicht so schön war.

Zu ihrer Überraschung hatte sie hinter dem Traktorschuppen eine kleine windgeschützte Einfriedung gefunden, einen Garten im Garten in dem ein paar Blumen und ein Pfirsichbaum standen. Pfirsiche im Ammerland? Sie hatte es nicht glauben wollen, aber im Sommer stand hier ein kleines Geheimnis, dass der alte Mann wohl gehütet hatte, prachtvolle süße Pfirsiche. Vielleicht war das ja eine seiner Marotten gewesen?

Wo es einen Traktorschuppen gibt, gibt es natürlich auch einen Traktor. Vollkommen verstaubt stand ein eisernes Ungetüm in dem Verschlag, als habe es jemand abgestellt und dann einfach vergessen. Vorne auf der Kühlerhaube stand „Hanomag", auf der Seite hatte sie die Typenbezeichnung „R 40" gefunden. Aber damit konnte sie nicht viel anfangen. Wenn er funktionieren würde, hätte sie ihn gerne benutzt. Am Haken im Schuppen hing eine Kurbel und verschiedene Schlüssel.

Was macht man nur mit einem solchen Museumsstück, von dem man nicht einmal weiß, ob man ihn fahren kann oder darf?

Baumgarte & Lueders von der Raifeisengenossenschaft hatten nur müde gelächelt als Frau Stark sie gefragt hatte, ob man so etwas noch einmal reparieren könne. „Wenn Sie noch´n Hunni drauflegen, dann nimmt´s vielleicht das Heimatmuseum von Edewecht", feixte Piete Lueders. „Plus Transport und Verpackung ... und denken Sie an die Gefahrenzulage. Da müssen sie hier in der Gegend nämlich militärischen Begleitschutz anfordern", setzte er noch einmal nach. Am liebsten hätte sie Piete an die Wand geklatscht. Nils Baumgarte hatte ihr dann aber doch einen Tipp gegeben. „ ... so ein Schrauber, draußen am Brink, der restauriert manchmal auch Oldtimer." „Bisschen plem", gab sich Piete noch einmal zum Besten: „ ... und beißen tut der auch, aber sie könn´s ja mal mit ´ner Packung Hundefutter versuchen."

Sie war ganz schön geladen gewesen, als sie von Baumgarte & Lueders wieder wegfuhr, geradewegs zur alten Möbelhalle am Brink und so hatte sie Thomas kennen gelernt.

„Ein R 40, keine Ahnung, Hanomag? Ich dachte die haben nur Transporter gebaut." Thomas kratzte sich etwas unsicher seine Bartstoppeln. „Das muss direkt nach dem Krieg gewesen sein." Frau Stark betrachtete ihn skeptisch.

Die Hitze hatte gestanden an diesem Junitag. Thomas hatte draußen im Schatten auf den Stufen vor seiner Halle gesessen und versucht einen verklemmten Tankverschluss von einem Motorradtank auf zu drehen, was nicht klappte. Er war vollkommen in seine Arbeit versunken gewesen und hatte mit hochrotem Kopf vor sich hin geflucht. Als sie mit ihrem alten Lieferwagen um die Ecke gerollt war, hatte sie ihn erst einmal in eine Staubwolke gehüllt. Sie erinnerte sich noch genau, wie er aufgestanden war und sich die Hände am Hosenboden abwischte. Es wirkte beinahe bedrohlich, wie er auf sie zuging, als sie aus dem Wagen stieg.

Ein Hüne von einem Mann, unrasiert und mit langen, roten, zotteligen Haaren und Händen wie Baggerschaufeln so groß. Durch die kurze schwarze Lederweste schob sich ein ziemlicher Bug und vor ihr stand die Wucht von zwei ein halb Zentnern Lebendgewicht. Das Piete Lueders ihn nicht mochte, war Frau Stark schnell klar, so winzig wie der war.

Sie war sich wie ein Zwerg vorgekommen, zwei Köpfe kleiner als er, als sie in seinem Schatten verschwand und das, obwohl auch sie nie in ihrem Leben daran gedacht hätte, sich für einen „Elfenwettbewerb" zu bewerben.

Thomas war höflich und zurückhaltend gewesen und hatte sich dreimal entschuldigt, dass er nicht auf Besuch eingestellt sei und ihr nichts anbieten könne. Während der Unterhaltung war er dann zweimal rot geworden, was ihr bei der Hitze eher normal vorgekommen war. Doch irgendwie war es ihr ähnlich ergangen. Sie hatte plötzlich seinen Blick gespürt. Diese blauen Augen, die für einen Augenblick mehr auszudrücken schienen als technisches Interesse an einem alten Traktor.

´Dummes Zeug`, hatte sie sich eingeredet. ´So schnell geht das nicht. Es ist nur diese Hitze`. Außerdem, er hatte seine Wirkung sicherlich nicht bemerkt.

Zwei Tage später war er dann wie vereinbart mit seinem „Arztkoffer", wie er die riesige schwarze Werkzeugtasche nannte, erschienen und hatte dem R 40 neues Leben eingehaucht.

Teil für Teil baute er den alten Motor auseinander. Jedes einzelne Schräubchen säuberte er und legte es auf ein weißes Tuch. Dabei achtete er penibel auf die Reihenfolge. Dieser Mann reparierte Motoren nicht einfach. Wenn man ihn beobachtete, bekam man den Eindruck, dass er sie geradezu liebevoll behandelte. Reparieren oder in Ordnung bringen war einfach das falsche Wort. Er heilte sie, er streichelte jedes Teil. Er redete mit der Maschine, als gäbe er ein Versprechen, dass sie bald wieder laufen würde. Manche der Schrauben drehte er mit der bloßen Hand heraus. In diesen riesigen Händen musste eine enorme Kraft stecken. Jeden Ring, jede Mutter behandelte er wie eine Perle, wie ein Schmuckstück, das getragen werden wollte. Bevor er sie ablegte, säuberte er das Gewinde, polierte sie und rieb sie mit Vaseline ein.

Ganz versonnen hatte sie ihm eine Weile zugeschaut. Dann war sie in die Küche gegangen und hatte ihm Brote und was zu trinken gebracht. „Ich danke Ihnen", waren die einzigen Worte, die er hervorbrachte, höflich und bescheiden. Nach ein paar Stunden machte sie sich Gedanken, aber es wäre ihr nicht im Traum eingefallen, ihn zu stören. Erst als es zu dämmern begann, vernahm sie in ihrer Küche von draußen ein Schnarren, dann ein Scheppern, ein Knallen und schließlich ein kräftiges Motorengeräusch.

Knatternd und qualmend stand der R 40 vor seinem Schuppen. Der ganze Hof war in eine Rußwolke gehüllt. Thomas stand mit strahlenden Augen daneben, grinste über das ganze Gesicht und rieb sich die Hände an einem Tuch sauber. „Es musste einfach sein, das war mir eine Ehrensache den wieder hinzukriegen." Seine Augen funkelten und sein Lächeln wurde immer breiter. Später, viel später hatte er ihr dann eingestanden, dass er eigentlich „Herzenssache" hätte sagen wollen, sich aber nicht getraut hatte.

Diese funkelnden blauen Augen, wie bei einem Kind hatten sie geleuchtet und ihr war es nicht anders gegangen und später, viel später hatte sie sich eingestanden, dass sie sich mehr über die Freude dieses Mannes, als über den reparierten Traktor gefreut hatte.

Dann waren sie ohne ein Wort in die Küche gegangen und sie hatte einen Tee gemacht und sie waren ins Reden gekommen. Erst nur ein bisschen erzählt, und dann war aus dem Tee ein Wein geworden und sie hatten bis spät in die Nacht gesessen und geredet und geredet.

„Hejo, hejo!" Laut hallte die Stimme von Frau Stark über die Weide. „Hejo, hejo!" Hanna tat es ihr nach. Die Tiere reagierten auf diesen speziellen Ruf. Der Haffi kam von alleine, wenn er seine Herrin zur gewohnten Zeit am Zaun der Weide ausmachte. „Hejo, hejo!" hieß: Es geht in den Stall, es gibt jetzt Futter. Manchmal hieß es auch: Komm lass uns was unternehmen, lass uns ausreiten. Und immer hieß es: Es gibt eine kleine Belohnung.

Hanna führte die Mutterstute und ihr Fohlen voneweg und alle waren gespannt, wie der kleine Neuankömmling sich jetzt benehmen würde. Doch Jannik hatte bereits vorgesorgt.

Die Milchflasche war frischgefüllt und übte sofort den erhofften Reiz aus. Jannik nahm sie jedoch nach dem ersten Schluck dem Maultier wieder weg und steckte sie in seine Hosentasche, so dass der Sauger weit hervorstand. Sofort versuchte das Tier vollkommen respektlos, sich Zugang zu dem Teil zu schaffen. Jannik aber war geschickt genug, es nicht wirklich herankommen zu lassen.

Also trabte ein elfjähriger Junge vorne weg und ein staksiges kleines Maultierfohlen blökend und schmatzend hinterher, geradewegs in die Box vom Haffi.

Der Haffi trottete im Gefolge von Frau Stark heran und blieb nun seinerseits voller Erstaunen oder Entsetzen draußen vor seiner Box stehen. Er sträubte sich, die ansonsten so vertraute Box zu betreten. Der Stall war geräumig, groß genug für zwei erwachsene Pferde, doch der Haffi war es nicht gewohnt, sein vertrautes Revier mit jemandem teilen zu müssen. Er stutzte, setzte zurück und wieherte plötzlich, als sei er verzweifelt ob dieser Zumutung. Was sollte dieser „Kobold" in seinem Stall? Seine Hufe schlugen heftig auf dem Pferdegang. Der „Kobold" seinerseits schien diesmal völlig unbekümmert. Gierig schmatzte er am Sauger der inzwischen leeren Flasche. Solange es so gute Sachen zu naschen gab, machte er alles mit.

„Vielleicht will er was abhaben?", ließ sich Jannik vernehmen. „Ja, ja." Frau Stark bugsierte ihren Sohn aus der Box. „Geht mal alle raus. Der Findling mach uns schon die ersten Scherereien." So wie sie es sagte, klang es jedoch eher amüsiert.

Ausgerechnet Haffi, Haffi hatte ein Problem. Haffi, der immer etwas aushecke, immer neugierig war, immer aufs Neue ihr Respekt abgewinnen wollte und erst unter fester Führung ein wirklich verlässliches Pferd war, ausgerechnet der Haffi hatte Angst.

Sie nahm Jannik die Flasche ab. Sofort kam das Maultier hinter ihr her und wieder aus der Box heraus. Sie ging ein paar Schritte auf dem Pferdegang, dann sprach sie mit dem Haffi. „Du bist mit Abstand der blödeste Tölpel, der mir je untergekommen ist." Ihre Stimme wurde ganz sanft. „Sonst tust Du doch immer so mutig. Da sitzt aber auch gar nichts dahinter." Der vertraute Ton ließ den Haffi schnauben. Er legte die Ohren nach vorne. Frau Stark stand direkt bei ihm und redete mit ihm, als wäre es nur eine kleine Plauderei über´s Wetter. Hinter ihr zottelte das Maultier an der Flasche. Frau Stark tat, als merke sie es nicht. „Du dummer, dummer Kerl", vertraut und zärtlich fielen die Worte. Das Pferd senkte den Kopf. Für einen Augenblick schien es, als sei es verlegen. Dann stupste es mit seiner weichen Schnauze das Maultierfohlen. „Komm mein Dicker, wir machen es zusammen." Frau Stark dreht sich um. „Lass uns gehen." Es klang, als sei alles eine völlig belanglose Geschichte. Der Haffi zögerte keinen Augenblick. Brav wie ein Kind trottete er hinterher, während der Kobold unbeirrt seine Versuche in Richtung Sauger fortsetzte.

Als Frau Stark den Riegel hinter ihnen zu schob, untersuchte der Haffi seinen neuen Stallgefährten noch einmal mit der Nase. Irgendwie schien er jetzt Gefallen daran gefunden zu haben. Dann ließ er ihn in Ruhe und blickte über die Boxenwand den dreien hinterher. ´Alles halb so wild`, dachte Frau Stark, während sie das Tor zu Scheune zuschob. ´Oft sind ja doch die, die sich ruppig und bockig geben, in Wahrheit die echten Sensibelchen.`

„Was willst Du eigentlich mit ihm machen?" fragte Thomas, der wie jeden Samstagabend zum Essen gekommen war. „Na reiten natürlich." Jannik hatte es sich bereits genau überlegt. „Ein Maultier kann man doch nicht reiten", meinte Thomas. „Kann man wohl", jetzt mischte sich Hanna ein: „Sie sind im Übrigen sehr gelehrig und viel intelligenter als Pferde." Frau Stark runzelte die Stirn. Wenn sie bis grade noch geglaubt hatte, wenigstens eine Verbündete zu haben, um den keinen Quälgeist wieder loszuwerden, dann sah sie sich jetzt bereits einer Übermacht gegenüber. „Natürlich werde ich ihn reiten und Wagenziehen lernt er auch", ergänzte Jannik. „Ein Maultier kann Lasten schleppen", nahm Frau Stark das Gespräch auf: „Aber wohin willst Du denn mit ihm reiten?" Thomas war neugierig. „In die Schule natürlich, wenn er groß ist." Jannik sah seine Mutter fest an. Ihr schwante Fürchterliches. Jannik umringt von Klassenkameraden, die ihn johlend und lachend mit seinem Maultier über den Schulhof jagten. Am nächsten Tag würde ein blauer Brief vom Direktor daliegen. In dicken schwarzen Buchstaben würde neben dem Siegel der Landesbehörde das Wort „Schulverweis" prangen.

„Du bist wohl völlig verrückt geworden", platzte sie los. „Du kannst von mir aus mit ihm machen, was Du willst, aber das Vieh bleibt auf dem Hof, - Du machst uns ja vollkommen lächerlich!" „Na ja, Mama", ließ sich Hanna wieder vernehmen, „Wer seinen „Haffi" beim Westersteder Reitturnier zur S-Dressur anmeldet ..."

Frau Stark spürte wie ihr unterm Haaransatz plötzlich heiß wurde. Gunnar Petersen hatte sie schon etwas eigenartig angeschaut und sich verwundert am Hinterkopf gekratzt, als sie letzte Woche die Anmeldung abgegeben hatte. Doch sie hatte sich nichts anmerken lassen, sondern ihm nur fest in die Augen geschaut.

Immerhin hatte sie schon seit Monaten mit dem Haffi trainiert und sie war fest davon überzeugt, dass er eine hervorragende S-Dressur lief.

Thomas hatte inzwischen die Augenbrauen zusammengezogen und beobachtete alle drei. Er konnte sich das Lachen kaum noch verkneifen. „Also Jannik, ich finde das mit dem Wagenziehen gut", warf er jetzt ein." Vielleicht sollten wir mal schauen, ob wir da nicht was Passendes finden." „So Jannik, jetzt marsch ins Bett, für Dich ist es Zeit." Frau Stark wusste zu verhindern, dass das Thema noch ein weiteres Mal ausgebreitet wurde. „Ich komm gleich noch mal nach oben und sage Dir ´Gute Nacht`." Jannik gähnte, schob seinen Stuhl zurück und gab seiner Mutter einen Kuss.

„Sag mal Jannik", Thomas konnte wirklich lästig sein in solchen Augenblicken. Jannik war bereits auf dem oberen Treppenabsatz angelangt. „Wie soll Dein Maultier denn eigentlich heißen?" Eine unvermeidliche Frage, die einer unvermeidlichen Antwort bedurfte. Jannik zögerte keinen Augenblick. „Atze", war die selbstverständlichste Antwort der Welt. „Er heißt Atze."

Jannik grinste, Hanna grinste, Thomas grinste, Frau Stark schaute zur Küchendecke, dann entkorkte sie die Flasche, die vor ihr auf dem Küchentisch stand.

Das Westersteder Reitturnier war ein besonderes Turnier. Es hatte Tradition. „Seit 1899 ..." stand auf dem Briefbogen und auf den Einladungen, die jedes Jahr im Herbst verschickt wurden. Damit war es viel älter als das Turnier im benachbarten Oldenburg und obwohl es nicht so bekannt war, wie das große Oldenburger Turnier, hatte es im vergangenen Jahr über tausend Meldungen gehabt.

Die Ammerländer waren den Oldenburgern mal wieder eine halbe Nasenlänge vorausgewesen, eigentlich sogar zwei halbe Nasenlängen, denn das Oldenburger Turnier fand ja gar nicht in Oldenburg statt, sondern im benachbarten Rastede. Aber das nahm man im Ammerland gelassen.

Das Turnier selber war ein Turnier mit Spring- und Dressurprüfungen für die ländlichen Reiter, aber selbst aus Rothenburg und aus dem Münsterland kamen Pferde, die sich später einmal für die großen Championate empfehlen würden.

Dressurwettbewerbe aller Klassen, auch für Kinder, Juniorspringen und große Springen L- und M-Klassen und ein S-Springen, zu dem auch hin und wieder bekannte Namen meldeten, machten das Flair und die Höhepunkte dieses eher ländlichen Turniers aus. Daneben gab es den Parcours zum Geschicklichkeitsfahren für Ein- und Zweispänner und alle zwei Jahre ein Military Wettbewerb. Drei Tage im August in denen in Westerstede und umzu auf allen Pferdehöfen und in allen kleinen Hotels die Hölle los war.

Seele des Turniers und Traditionshalter war Gunnar Petersen. G. P., wie ihn die meisten Westersteder respektvoll nannten. Gunnar Petersen war im Hauptberuf Architekt und Bauunternehmer in einer Person. Öffentliche Gebäude, Parkanlagen und Mehrzweckhallen waren sein Geschäft und darunter fielen eben auch Sportplätze und Reithallen. Also kannte G. P. jeden und jeder kannte G. P. Und das Geschäft brummt natürlich nur, wenn man auch Bedarf schafft.

Nicht zuletzt deshalb war Gunnar Petersen nicht nur Vorsitzender des Westersteder Reit- und Fahrvereins von 1863 e.V., sondern eben auch der Vorsitzende des Westersteder Reitturniers.

Gunnar hatte auch rausgefunden dass es draußen am Busch bereits zu Zeiten des alten Pferdemarktes um 1850 herum eine Art Turnier gegeben hatte. Es war zwar eher wahrscheinlich, dass lediglich ein paar Bauernjungen sich im Ringstechen maßen und anschließend den Wettbewerb in das örtliche Gasthaus verlagerten, aber Gunnar wusste das zu nutzen und hatte den historischen Nachweis erbracht, dass er der Vorsitzende des Vereins war, der das traditionsreichste und älteste Reitturnier in ganz Friesland betreute. Es hätte nicht viel gefehlt und er hätte „ ... in ganz Deutschland ..." auf die Karten drucken lassen, doch leider hatte ihm die Zeit gefehlt, das auch noch genau herauszufinden. Im Übrigen war er der Meinung, dass das Turnier eigentlich längst „Gunnar Petersen Gedächtnisturnier" heißen müsste und es war lediglich der Tatsache zu verdanken, dass er sein eigenes Ableben hätte vermelden müssen, um einen entsprechenden Antrag stellen zu können, was somit die Umbenennung bisher ausgeschlossen hatte. Aber wer ahnte schon, was Gunnar für diesen Fall vielleicht bereits ausgeheckt hatte?

Und dann war da auch noch der Glücksfall mit dem Schloss. Das machte sich für so ein Turnier natürlich gut, dass der Schlossherr auch der Schirmherr war. Wozu war er denn mit Frederick von Falkenheim auf eine Schule gegangen. Tja, solche Schulfreundschaften zahlen sich aus. Rein aus Zufall war er dazwischen gegangen, als der dicke Borowski den schmächtigen

Frederick mal so richtig vermöbeln wollte, weil der immer so arrogant von der Stillosigkeit der Neureichen geschwafelt hatte und über den „schicken" Daimler von Bottis Vater die Nase gerümpft hatte.

Frederick hatte ihn dann zum Spielen aufs Schloss eingeladen und es gab außer Apfeltorte und Schlagsahne noch ein dickes Lob von der Mutter Gräfin von Falkenheim. Wenn er das heute mal zusammenzählte, welche Bauaufträge er später allein von den Grafen bekommen hatte, … . Das zahlt sich schon echt aus so eine kleine Prügelei zur rechten Zeit.

So hatte sein Turnier zwar keinen Herzog als Schirmherren aber eben doch einen Grafen, was sich, wie schon gesagt, wirklich gut machte.

Gunnar wachte auch penibel darüber, wer am Turnier teilnehmen durfte und wer nicht. Da kam, es schon mal vor, dass er eine Anfrage eines echten Favoriten von außerhalb mit einer tränenreichen Absage versah: „Leider müssen wir Ihnen mitteilen, dass unsere Starterliste bereits voll ist. … Selbstverständlich haben wir Sie … als Nachrücker vorgemerkt …usw. usw." Schließlich brauchte man ja wenigstens einen Sieger aus dem Ammerland und das wusste Gunnar bestens zu steuern. Im Zweifelsfall opferte er sich als Kampfrichter, weil es ja meist an freiwilligen Experten fehlte.

Gunnar hatte aber auch ein Herz für Kinder. Immer gab es einen oder mehrere Kinderwettbewerbe. Das machte sich gut bei den Leuten, da kamen die Eltern und Gunnar ließ es sich nie nehmen, die Siegerehrung der Kinderwettbewerbe großzügig zu bedenken und natürlich selber vorzunehmen. Das machte sich gut bei der Presse und das wiederum machte sich gut bei den Landratswahlen, denn G. P. war natürlich Landrat, wer sonst.

Irgendwo weit weg hatte Frau Stark das Gefühl, als ob ihr jemand mit einer Blechdose auf den Kopf schlüge. Langsam erwachte sie aus einem Alptraum, in dem sich ostafrikanische Trommeln und das Schlagen einer Kuhglocke abgewechselt hatten. Beides konnte nicht stimmen, aber es dauerte eine Weile, bis sie zu sich kam.

Draußen dämmerte es und die Geräusche kamen eindeutig aus der Küche. Frau Stark schlug die Bettdecke zurück und blieb erst einmal liegen. Sie war noch viel zu benommen nach den Ereignissen des vergangenen Tages, und die Nacht war auch noch nicht vorüber. Thomas, der gestern Abend dageblieben war, schnaufte neben ihr den Schlaf des Gerechten. Seine Oberlippe zitterte jedes Mal, wenn er ausatmete.

Frau Stark rüttelte ihn an der Schulter: „Du solltest mir wenigstens Rückendeckung geben, wenn ich da unten abgemurkst werde." Thomas kratzte sich völlig verschlafen die Bartstoppeln. „Was ist los?" „Es ist jemand unten in der Küche."

Unten brannte Licht. Schritt für Schritt nahm Frau Stark die Stufen der schmalen Holztreppe. Ihre Linke umfasste das Treppengeländer, während ihre Rechte einen hölzernen Stiefelknecht hoch hielt. Etwas anderes hatte sie in der Dunkelheit nicht ertasten können.

Der Einbrecher hatte sich offenbar am Herd zu schaffen gemacht. Im Schein der Küchenlampe erkannte Frau Stark die Milchflasche, die ohne Deckel auf dem Küchentisch stand. Sie räusperte sich vernehmlich.

„Ach Mama! - Du hast mich vielleicht erschreckt." Jannik starrte sie erstaunt an und ließ den Rührlöffel sinken, mit dem er noch soeben im großen Topf gerührt hatte. „Was machst du denn hier ...?" Frau Stark war erleichtert, dass sie es nicht mit einem gewalttätigen Eindringling zu tun bekam. Ihre Hand sank nach unten und sie legte den Stiefelknecht auf den Küchentisch. Bis vor einer Sekunde war sie noch fest entschlossen gewesen ihn, wenn es notwendig gewesen wäre, bis zur Unkenntlichkeit zu zertrümmern. Doch jetzt schob sie ärgerlich nach „ ... um diese Zeit?" Jannik wandte sich wieder der Milch zu, die langsam warm wurde. „Er hat bestimmt gleich Hunger." Frau Stark glaubte ihren Ohren nicht zu trauen. Ihre Hände griffen nach der nächsten Stuhllehne. Jannik hob den großen Topf vom Herd und begann jetzt vorsichtig die warme Milch umzuschütten. „Doch nicht um diese Zeit", Frau Stark schaute sich ärgerlich an, wie ihr Sohn ein bisschen von der Milch auf dem Tisch verschüttete.

Jannik hob den vor Anstrengung hochrotem Kopf: „Ich wollte nicht, dass er Euch in der Früh weckt, - er ist bestimmt Frühaufsteher." Seine kleinen Hände schraubten den Sauger auf die Flasche. „Er ist im Stall, er kann uns nicht wecken." Jannik rieb die Flasche ab. „Auf alle Fälle ist die Flasche fertig." „Und Du gehst noch eine Runde ins Bett", sagte Frau Stark nahm ihren Sprössling und schob ihn die Treppe hinauf. Dann blieb sie wie angewurzelt stehen. Das war er! Dieses Blöken und Quäken, es kam aus dem Stall. Jannik wand sich unter ihr hinweg. „Siehst´e Mama." Sekunden später klappte die Haustür.

„Ich weiß gar nicht, warum ich im Frühjahr den Hahn abgeschafft habe?" stieß sie hervor, als sie sich wieder neben Thomas ins Bett fallen ließ. „Du hast ihn nicht abgeschafft", brummte Thomas, der sich ein breites Grinsen kaum verkneifen konnte: „Der Postbote hat ihn überfahren." „Ich habe ihn aber wohlweislich nicht ersetzt." „Dafür haben wir jetzt Atze", grunzte Thomas und schob seine Hände unter ihre Decke. Seine Bartstoppeln kratzten sanft ihren Hals. „Irgendwie macht ihn das sehr sympathisch, findest Du nicht?" Frau Stark konnte nicht umhin und musste lächeln, doch Thomas war viel zu beschäftigt, als dass er das im Halbdunkel wahrgenommen hätte.

„Das mit dem Geblöke muss irgendwann einmal aufhören." Frau Stark stand in der Küche und trocknete ihre Töpfe ab. Hanna saß auf dem Fenstersims und beobachtete Beute, der draußen vor der Treppe lag und sich einen dicken, halb zerbissenen Ball vor die Schnauze gelegt hatte, in der Hoffnung es würde jemand kommen, um ihn diesen streitig zu machen. Dann würde er ihm zeigen, dass er, Beute, nicht nur schneller am Ball war, sondern vor allem kaum davon zu trennen.

Jannik sinnierte einen Augenblick. Er konnte nicht schon wieder damit kommen, dass Atze ja noch klein war und ja auch keine Mutter hatte, dann würde ihm seine Mutter bestimmt erklären, dass diese Phase ja nun langsam vorbei war. „Warte nur bis er entwöhnt ist", erwiderte er. „Dann bekommt er das gleiche Futter wie Haffi und dann wird er auch nicht mehr bevorzugt." Jannik klang richtig fachmännisch, als habe er gerade erst in einem Lehrbuch für Tierpsychologie nachgeblättert. „Du willst ihn doch gar nicht entwöhnen", warf Hanna ein. „Ich habe Dich beobachtet ..." „Ach du hast ja gar keine Ahnung." Jannik ging in Abwehrstellung. „Du lockst ihn doch immer wieder von Dir aus mit der Flasche, damit er zu Dir kommt." „Ja, ja, aber was machst Du denn? Immer muss ich die Flasche suchen und wer hat sie? Meine blöde Schwester." „Jannik!" fuhr Frau Stark dazwischen. „ Ist doch wahr." „Ist gar nicht wahr." Hanna schmollte. „Ist wohl wahr, sie will, dass Ronda zu ihr kommt und nicht zu Lisa, deshalb hält sie ihr immer nur die Flasche hin."

Frau Stark seufzte. Sie legte Hanna den Arm um die Schulter: „Das ist viel zu spät Hanna. Lisa hat Ronda groß gezogen, das war schon vorher klar. Du kannst sie nicht umgewöhnen." Hanna starrte Jannik wütend an. „Außerdem wäre es auch nicht gut." Sie schob den Besteckkasten zu. „Lisa wäre traurig, Ronda wäre nicht entwöhnt und sie würde Dir bis ins Wohnzimmer folgen."

Sie wischte den Küchentisch trocken und hängte das Handtuch in die Ecke. „Also alles hat seine Grenzen." „Aber Atze darf." Hanna war sauer. „Nein, Atze darf auch nicht." Sie wandte sich Jannik zu. „Da hinten am Zaun ist die Grenze und die wird eingehalten." Dabei deutete sie mit dem Finger quer durch die Küche in Richtung auf die Weide. Jannik zuckte mit den Schultern. „Das mit der Flasche geht höchstens noch zwei Wochen, sobald ..." „Sobald er anfängt mit dem Haffi Gras zu fressen, ich weiß schon", fiel Jannik ihr ins Wort. „Der frisst schon längst", krähte Hanna dazwischen. „Du dumme ..." Jannik versuchte Hanna zu treten, doch die hatte den kleinen Fuß kommen sehen und wich geschickt aus. Der Pantoffel landete mit einem dumpfen Schlag an der Kühlschranktür.

Frau Stark baute sich vor ihrem Sohn auf: „Jannik, das Tier muss entwöhnt werden und es tut ihm auch nicht gut, basta!" „Mach ich doch auch so ...," Jannik guckte verlegen zur Decke. Eine gewisse Zerknirschtheit war nicht zu über hören.

Er fand es einfach toll, wenn Atze auf ihn hörte, wenn er rief. Die Flasche war halt ein wunderbares Hilfsmittel. Selbst seine Freunde, die sich sonst nichts aus den Pferden machten, fanden Atze witzig und noch toller fanden sie, dass er mit ihnen mitlief, wie ein großer Hund.

Jannik nahm ihn auch überall mit hin, zwar nicht ins Haus, aber bei seinen Spaziergängen auf dem Hof und auch in der näheren Umgebung war Atze dabei. Das ging so weit, dass Atze quer durch den Weiher stakste, wenn Jannik mit seinen Freunden dort Staudämme und Bieberburgen baute. Allerdings hatte das Unternehmen damit geendet, dass Atze laut blökend mitten im Weiher stehen blieb und sich nicht wieder heraus traute.

Drei kleine Jungs hatten ihr Tun, zogen und schoben an ihm, doch Atze rührte sich nicht von der Stelle. „Meine Mutter wird sauer, wenn er Unterkühlung kriegt." Jannik stachelte die Freunde noch einmal an, so dass Atze einmal fast umkippte. Daraufhin blökte er noch lauter. Doch es half nichts Atze blieb im Weiher stehen und brüllte.

Erst als Frau Stark auf dem Haffi angeritten kam, trottete das Maultier wieder los. Unversehens, als sei nie etwas gewesen, war die Welt wieder völlig in Ordnung. Da war dieses vertraute „Hejo, hejo," und außerdem sein Freund Haffi, und schon war Atze der Meinung, dass der Weiher nicht mehr interessant genug war und trabte hinüber. Frau Stark bemühte sich gar nicht erst, wegen solcher Lappalien aus dem Maultier schlau werden zu wollen.

Atze war frech und neugierig. Wenn die Kinder im Heuschober herumtobten, tobte er unten mit und wenn eines der Kinder herunter gerutscht kam, war Atze da, um es erst einmal zu untersuchen. Auch Hanna musste zugeben, dass er etwas Besonderes war und es machte sie auch ein bisschen eifersüchtig, obwohl sie ihre Ronda heiß und innig liebte. Ronda war halt ein Pferd, das bei ihrer Mutter groß geworden war und sie verhielt sich auch so. Frau Stark war sehr zufrieden, wie sich Ronda entwickelte. Dieses Stutenfohlen hatte alles, was ein gutes Turnierpferd brauchte und sie würde es hegen und pflegen und sorgfältig aufbauen.

Atze hingegen war der Clown, der Kobold, völlig ungestüm und durch nichts zu beeindrucken. Fressen, toben, schlafen, fressen, diese drei Dinge bestimmten sein Leben. Fressen tat er für sein Leben gern und wenn er etwas außer der Reihe erhaschte, dann machte ihn das nur noch übermütiger.

Fremden gegenüber war Atze zudem völlig respektlos. Wer immer auf den Hof kam, wurde von Atze begrüßt und sofort untersucht. Er fing mit den Hosentaschen an und seine dicken Lippen wanderten um den Besucher rundherum, zottelten an Laschen, Knöpfen und Schnallen und endeten erst, wenn man ihn heftig wegschubste. Die meisten Besucher waren erschreckt. Es begegnet einem nicht alle Tage ein Maultier, dass geradewegs auf einen zumarschiert und mir nichts dir nichts anfängt einen zu „entkleiden".

Außerdem war Atze in den wenigen Wochen, die er bei den Starks verbracht hatte, kräftig gewachsen und wenn er stand, war er schon mehr als einen Kopf größer als Beute. Frau Stark war sich sicher, dass das noch lange nicht das Ende sein würde.

Deshalb die „Grenze". „Das können wir keinem zumuten", meinte Frau Stark. „Die Leute halten uns sowieso schon für meschugge, aber wenn sie anfangen uns zu meiden, weil sie Angst vor diesem ...", sie unterdrückte eine weitere ungehaltene Bemerkung, „ ... haben, dann geht der Spaß zu weit." Also durfte Atze nur noch hinterm Zaun und in der Scheune frei rumlaufen.

Nur Ole Besken, der Postbote hatte kein Problem mit Atze. Wer mit den Hunden der Bauern auf deren Hof fertig wird, dem fällt auch bei einem Maultierfohlen das richtige Mittel ein. Ole knatterte mit seinem Mofa durchs halbe Ammerland und wenn er nachmittags auf dem Starkschen Hof ankam, war er schon wieder auf dem Rückweg nach Westerstede. Die Packtaschen waren dann meist leer und flatterten an seinem Moped durch den Wind.

Atze liebte diese Packtaschen und Ole ließ Atze sie immer ausgiebig untersuchen. Gelegentlich versteckte er ein paar Stückchen Karotten darin und machte sich den Spaß alle Schnallen fest zu verschließen.

In der Zwischenzeit brachte Ole Frau Stark ihre Briefe hinein. Nur einmal wäre es fast schief gegangen, weil Ole zu lange bei Frau Stark drin geblieben war und Atze offensichtlich so verrückt auf die Möhren war, dass er das Moped durch heftiges Ziehen an der Packtasche schon einige Meter über den Schotter bewegt hatte.

Ein anders Mal ließ Ole seinen Motor aus, als er auf dem Hof kam und klemmte ein Bündel Möhren hinten an seinen Gepäckträger, so dass Atze wiehernd hinter ihm herrannte, während Ole schwitzend eine Ehrenrunde mit seinem Mofa ums Haus strampelte.

Frau Stark trat auf die Veranda. Die späte Aprilsonne lag auf der Weide und spielte mit den Baumwipfeln. Der Duft der Felder und des aufkeimenden Grases erfüllte die Luft. Einzelne weiße Wolkenschiffe schoben sich über den Himmel.

Wenn es nur solche Probleme auf der Welt gäbe, die darin bestünden, dass sie vier Hufe hätten, jämmerlich blökten und immer noch nicht entwöhnt waren, dann gäbe es auf dieser Welt gar keine Probleme.

Beute lag immer noch unverändert da. Inzwischen war er jedoch den Anstrengungen der eigenen Konzentration zum Opfer gefallen und eingeschlafen.

Das Leder des Sattels quietschte leise aber stetig. Der Haffi stand in Schweiß und kaute auf der Trense. Frau Stark stand nicht minder in Schweiß, nur dass sie über dies auch noch angespannt war. Wohl zum hundertsten Male hatte sie den Übergang zur Traversahle mit ihm geübt. Erst die Volte aus dem Galopp, dann im gestreckten Trapp quer durch die ganze Bahn wechseln und dann am anderen Ende die Traversahle. Es war einfach zum Haare raufen. Die Übergänge klappten gut, aber es dauerte zu lange bis der Haffi sich richtig gestreckt hatte. Sie hatte Zweifel, ob er das jemals lernen würde.

„Was erwartest Du?" Thomas, der gerade erst angekommen war, hatte sich auf einen Zaunpfahl gestützt, seine langen roten Haare wehten im Wind. „Er kann sich nicht so strecken wie ein Großer, er ist nun einmal ein Haflinger und kein Hannoveraner mit Stockmaß 190. Gönn ihm zwei Schritte mehr und es sieht wenigstens gleichmäßig aus."

Neben dem, dass Frau Stark einfach erkennen musste, dass ihr Haffi seine Grenzen hatte, rannte auf der Weide nebenan dieses verrückte Maultier hin und her als wolle es mit dem Haffi ein Rennen veranstalten. Wechselte sie durch die ganze Bahn, dann machte es ebenfalls kehrt und wechselte mit, kam sie aus der Ecke heraus, drehte sich das Tier um und rannte schnurstracks zurück. Das eigentlich Unerträgliche war jedoch, dass es bei jeder dieser Wenden brüllte, als würde es die Trompeten von Jericho beim Angriff noch übertönen wollen. Frau Stark war entnervt. Sie ließ sich von ihrem Haflinger hinuntergleiten und drückte Thomas die Zügel in die Hand. „Tu mir eine Liebe, bring ihn in den Stall, Ich schicke nachher Hanna, damit sie ihn abreibt."

Kaum war Sie abgestiegen, war der Spuk nebenan auf der Weide auch vorbei. Atze stand im Schatten in der

Ecke und zupfte an ein paar grünen Grashalmen, als könne er kein Wässerchen trüben. Frau Stark betrachtete ihn einen Augenblick und kratzte sich am Hinterkopf.

Thomas grinste sein breitestes Grinsen: „Der kleine Bursche braucht einfach etwas zu tun. Hanna hat sicherlich recht, Maultiere sind ziemlich intelligent." Der kleine Bursche war inzwischen schon ein ganz schönes Kerlchen. Schätzungsweise musste er jetzt fünf Monate alt sein. Aus dem Zottelwesen, dass sie Anfang März vom Markt mitgenommen hatten, war ein halbwüchsiges Maultier geworden mit einem schwarzen Steifen in der Rückenmitte und schwarzen Ohren über dem ansonsten bräunlich grauen Fell. Das Blöken des kleinen Fohlens hatte sich in ein eselähnliches Gebrüll verwandelt und auch sonst strotzte Atze vor Vitalität und Kraft.

Kam Jannik die Weide entlang, dann benahm es sich vollkommen närrisch, wieherte, schlug mit den Hinterbeinen kreuz und quer um sich, um anschließend im gestreckten „Maultiergalopp" auf den Jungen zuzurasen. Jannik konnte sich so manches Mal gerade noch auf den Stangenzaun retten, denn es kam gelegentlich vor, dass Atze nicht rechtzeitig zum Stehen kam und Jannik mit seinen ungestümen Anläufen in den Dreck beförderte. Dabei ging es Atze nur darum, an Janniks Hose zu gelangen, denn der Trick mit der Milchflasche funktionierte immer noch, nur dass Jannik inzwischen andere Kleinigkeiten in seinen Taschen verbarg, für die Atze ebenfalls sein Herz entdeckt hatte.

"Vielleicht könnten wir langsam anfangen ihm etwas beizubringen." Thomas ließ es so belanglos klingen, wie er gerade konnte. „Einen kleinen Wagen ziehen oder so was. - Jannik hätte eine neue Aufgabe mit ihm, er hätte was zu tun und - na ja ein gewisser Nutzen wäre vielleicht auch darin." Er schaute Frau Stark abwartend von der Seite an. Frau Stark wandte sich um. Mit einer Hand schützte Sie ihre Augen vor der Abendsonne und musterte ihn von unten herauf. Es würde noch etwas nachkommen.

„Jensen hat noch einen alten Wagen" rückte Thomas heraus. „Schon etwas mitgenommen." Frau Stark ging einen Schritt zurück. „Früher hat er ihn mal für seine Ponys gehabt, so ein alter Karren, auch nicht so groß." Er unterbrach sich und musterte sie. „Also wirklich nicht mehr sehr gut." „Schrott, wolltest Du sagen." Thomas zuckte mit den Schultern. „Jensen! kommt gar nicht in die Tüte." Frau Stark war auf Hinnerk Jensen nicht gut zu sprechen. Der war schon zweimal mit seiner Schrotflinte bei ihr aufgekreuzt und hatte behauptet, dass Beute seinen Hühnern den Gar ausgemacht habe.

„Du brauchst auch nicht selber hinzugehen. Das würde ich schon übernehmen." Frau Stark beschleunigte ihre Schritte in Richtung auf die Scheune zu. Thomas kniff die Augen zusammen und zog den Haffi hinterher. „Na ´ma fragen ...." Sie waren an der Tür zur Scheune angekommen. Frau Stark schob eine Seite auf. „Und was hat er gesagt?" Frau Stark kannte ihren Thomas. „Noja." Thomas kratzte sich am Hals. „Ich dachte der Jannik hat ja nun bald Geburtstag und Hinnerk is nich so." Das war doch! Sie funkelte Thomas an. Thomas hob beschwichtigend die Hand. Der Haffi trottete heran und blickte Thomas von hinten über die Schulter. Sie bekam das unbestimmte Gefühl, als ob er Thomas den Rücken stärken wollte. „Der Karren ist ja auch nicht mehr heile, ich hab ihn einfach mal mitgebracht." Jetzt war es raus. Frau Stark sog tief die Luft ein. „Vielleicht schaust Du ihn Dir einfach mal an."

Vor der Treppe am Haus stand ein alter vierrädriger Karren oder besser das, was davon übrig war. An einem der hölzernen Speichenräder fehlte der Eisenreifen. Der Rest einer morschen Deichsel hing herunter. Die Bretter der kleinen Ladefläche waren aufgequollen. Und das, was mal eine Sitzbank gewesen war hing krumm und schief auf einem rostigen Rohrgestell. „Den Reifen hab ich schon zu Arne gebracht, der schweißt ihn wieder." Thomas war klar, dass er erst einmal hätte fragen müssen. „Du schleppst mir den Müll der Nachbarn an und bist noch stolz darauf." Frau Stark knurrte. Dann drehte sie sich plötzlich um, schlang ihre Arme um Thomas, der beinahe umfiel und drückte ihn. „Wenn ich Dich nicht hätte."

Die nächsten Nachmittage verbrachte Jannik bei Thomas. Schulferien waren eine tolle Sache, allerdings gab es bei den Starks immer viel zu tun. Die Tiere mussten versorgt werden und an den Wochenenden und in den Ferien wurde gebastelt, repariert, gestrichen, gepflanzt, gejätet, eingemacht und so weiter. Fast wie auf einem richtigen, großen Hof nur eben etwas kleiner.

Jeder hatte seine Aufgaben und nur wenn alles erledigt war, durfte man los zum Spielen mit den Freunden.

Hanna hatte Beute, Jette, Ronda, die Hühner, das Gemüsebeet und die Scheune zu versorgen. Die Scheune das hieß aufräumen, sauber halten und wenn etwas repariert werden musste, dann musste sie es Mama sagen, die dann selber mit Werkzeugkasten und Leiter ankam um die „Kleinigkeiten" zu richten.

Jannik musste auf Atze achten, beaufsichtigte die Enten, fütterte die Kaninchen, kontrollierte die Zäune und fegte den Traktorschuppen.

Die Küche, der Hof und die großen Pferde waren Sache von Frau Stark, auch dieses Highland Rind, dass in der Pflege glücklicherweise sehr genügsam war und Mia, die sowieso nur ihre eigenen Wege ging und natürlich die Wäsche, der Einkauf und der alte Pritschenwagen, die Wege zum Arzt usw. War mittags alles erledigt, dann hatte jeder frei. D. h. Jannik hatte meist frei, Hanna eher meistens und Frau Stark meistens nicht.

Jannik machte sich auf seinem kleinen Rad auf den Weg zur alten Möbelhalle, in der Thomas seine Werkstatt hatte. Wenn am zweiten Augustwochenende Mama auf das Reitturnier ging, dann wollte er mit Atze mitfahren. Jannik hatte noch viel vor.

Der alte Wagen von Jensen stand draußen in der Sonne als er ankam. Thomas saß in einem alten Schaukelstuhl vor der Halle im Schatten und döste vor sich hin. Er hatte einen breiten Hut über die Augen gezogen und schien tief zu schlafen.

So leise er konnte, rollte Jannik sein Rad hinter einen der Büsche am Weg. Dann verwandelte er sich im Augenblick in einen tapferen Sioux Indianer und schlich im Schatten der Büsche näher. Busch für Busch arbeitete er sich heran. Immer wieder sicherte er ab, dass ihn keiner bemerkte. Die letzten Meter galt es ohne Deckung zu überwinden. Geduckt huschte er noch zwei Büsche weiter, so dass er Thomas von der Seite anschleichen konnte. Dieser rührte sich nicht. Ein leises Schnarchen drang zu ihm herüber. Aha, na der würde sich wundern. Jetzt löste Jannik sich aus seinem Versteck und tastete sich auf Zehenspitzen vor. Angespannt ließ er die Füße nur auf den Fußkanten abrollen, um sich nicht durch ein Knirschen zu verraten. Langsam pirschte er sich näher. Er versuchte so flach wie möglich zu atmen und wartete nach jedem Schritt. Höchstens noch zwei Meter. Jetzt zog er einen imaginären Revolver unter der Jacke hervor und spannte den Hahn lautlos nach hinten. Noch ein Schritt und er konnte ihm den kalten Lauf an die Schläfe drücken, dann ….

„Ein Millimeter weiter und Du bist ein Toter Mann!" Jannik fuhr vor Schreck zusammen. Thomas war mit einem Ruck hochgesprungen und drückte ihm nun seinerseits einen „Revolver" in den Bauch. „Du hast wohl geglaubt „Old Wabble" fällt auf so einen alten Schnüffler wie Dich herein? – Hände hoch!" Eine imaginäre Pistole polterte auf die Erde. Thomas packte Jannik an der Hüfte und hob ihn leicht wie eine Feder in die Luft. „So jetzt hab ich Dich."

Sie waren beide vor Lachen außer Atem, als Thomas Jannik endlich absetzte. Gemeinsam nahmen sie die Deichsel von Jensens Wagen und zogen ihn in die Halle. „Er muss rauf auf die Montagebühne", sagte Thomas. „Dann bauen wir ihn erst einmal auseinander." Jannik fasste mit an. „Weißt Du Jannik, beim Schrauben ist das wichtigste: Sauberkeit, Ordnung und gutes Licht." Jannik nickte, er war konzentriert bei der Sache. „ ... und gutes Werkzeug."

Sie beschlossen, den Wagen in seine Einzelteile zu zerlegen. „Du weißt sonst nicht, welche Macken versteckt sind", erklärte Thomas. „Wenn was morsch ist, kannst Du es von außen nicht sehen." Jannik wusste was zu tun war. Eifrig schraubte er alles auseinander. Wenn er etwas nicht los bekam, war das für Thomas eine Kleinigkeit. Zwischendurch listete Thomas die Einzelteile auf und machte sich hier und da Notizen, wie es wieder zusammengesetzt werden musste. Dann ging es ans Säubern und Schmirgeln. Die Metallteile mussten mit einer Stahlbürste entrostet werden, dann entschied Thomas, ob sie wieder verwendet werden sollten, oder ob er Ersatz besorgen würde. Beim Anblick der alten Holzplanken, die zur Ladefläche gehört hatten, war bald klar, dass diese allesamt ersetzt werden mussten.

Am zweiten Abend war alles, was von dem Wagen übrig war ein rostiges etwas krummes Eisengerippe. Daneben lagen zwei Haufen mit Material. Ein kleiner, sauber geordnet, mit den Teilen, die wiederverwendet werden konnten und ein großer mit den Teilen, die nicht mehr zu gebrauchen waren.

Jannik schaute Thomas zweifelnd an. Der ließ sich jedoch nichts anmerken und meinte nur: „Das ist meistens so", und fügte hinzu: „Jetzt wissen wir wenigstens, was wir alles brauchen." Einige Tage später lag alles bereit: Bretter, Leisten, Farbe, Muttern, Ringe, Schrauben, Federn, Metallschellen. Jannik half beim Malen und Streichen, auch Zusammenschrauben durfte er. Die großen Werkzeuge, das Schleifgerät, den elektrischen Bohrer und die Säge bediente Thomas lieber alleine, aber Jannik durfte genau zusehen, wie es gemacht wurde. Thomas hatte ihn mit einer Schutzbrille versorgt, so dass er keine Funken oder kleine Splitter abbekommen konnte.

Nur das gebrochene Rad fehlte noch. „Das Rad steht bei Arne", Thomas rieb sich die Hände an einem Lappen sauber, als sie das bisherige Werk betrachteten. „Wir können es abholen, wenn du willst."

Als sie bei Arne Hoyer auf den Hof fuhren staunte Jannik nicht schlecht. Eine richtige alte Schmiede hatte Arne, ein quadratischer, aus grauen Bruchsteinen errichteter Bau. Die Tore standen weit offen, so dass man mit einem Wagen oder einem Hänger ganz hineinfahren konnte, wenn man wollte. In der Mitte stand die Esse, deren Abzug direkt aus dem Dach hinausführte. Ein großer Amboss stand daneben und ein Tauchbecken. An den Wänden hingen verschiedene Gerätschaften wie Zangen, große und kleine Hämmer, ein Blasebalg und ein paar Formen, die Jannik nicht kannte. Auch ein Brenneisen war dabei, eines mit einem großen O mit einer Krone darüber. Das Zeichen hatte Jannik schon oft gesehen.

Arne stand gerade mit seiner dicken Lederschürze am Feuer als Jannik und Thomas eintrafen und holte ein glühendes Stück Eisen heraus. Jannik wunderte sich, wie leicht das ging. Arne nahm keinen riesigen Hammer, um das Stück zu bearbeiten sondern einen mittelgroßen, der ihm nur etwas größer erschien, als der Hammer aus Mamas Werkzeugkiste. Mit kurzen schnellen Schlägen trieb er das Eisen in eine bestimmte Form. Dann kühlte er es kurz ab und legte es an die Seite.

„Hi Thomas, hallo Jannik." Arne war klein und drahtig und sah überhaupt nicht so aus, wie man sich einen Schmied vorstellt. Er musste zu dem riesenhaften Rotbart hinaufblicken. Aber Jannik hatte den Eindruck, dass die beiden sich gut verstanden. „Schön, Dich mal hier zu sehen Jannik", meinte Arne und reichte ihm die Hand. Jannik erschrak. Mit einem solch kräftigen Händedruck hatte er nicht gerechnet.

Arne Hoyer war nicht nur Hufschmied, d.h. eigentlich war er Metallbauer und Kunstschmied. Er baute schmiedeeiserne Zäune, Stahlgitter, Einfassungen, Verzierungen, aber er reparierte auch die Wagen und Gerätschaften der Bauern. Jannik kannte ihn, denn Arne fuhr in der Regel raus zu den Ställen und Reiterhöfen, wenn die Pferde neue Eisen brauchten. In seinem Pferdehänger hatte er meist alles dabei. Auch wegen Lisa, Haffi und Jette war er schon ein paar Mal draußen gewesen. Jannik hatte nur nicht gewusst, dass er auch eine solche richtige Schmiedewerkstatt hatte.

„Schaut mal, was ich euch gemacht habe." Arne ging zur gegenüber liegenden Wand und hob das Wagenrad hoch in die Luft. „Du hast ja auch die Speiche ersetzt", stellte Thomas fest. „Ja, ging nicht anders, war aber kein großes Problem, ich hatte noch ein altes Stück Eichenbohle, die Farbe stimmt nicht ganz, aber es ist hart." „Na Jannik, wie findest du es?" Jannik bekam rote Ohren. Da stand er plötzlich zwischen zwei erwachsenen Männern und die wollten sein Urteil hören. „Ganz hervorragend", meinte er und wollte es in die Hand nehmen. „Vorsicht", Arne setzte es behutsam auf den Boden. „Ganz schön schwer. Aber der Wagen müsste jetzt wieder fahren." Jannik druckste für einen Augenblick herum. „Das war doch bestimmt sehr teuer?" „Na, das lass man", Arne grinste. „Das machen Thomas und ich." Dann legte er Jannik eine Hand auf die Schulter. „Ich hab gehört Du willst Dein Maultier ausbilden." Jannik spürte wie seine Ohren erneut Feuer fingen. „Also, wenn Du das schaffst, und Dein Maultier den Wagen ordentlich ziehen kann, dann machst Du einen Transport für mich. - Ist das in Ordnung?" Jetzt glühte Jannik richtig. „Das ist in Ordnung." Er streckte Arne Hoyer die Hand hin, fest entschlossen dem harten Händedruck Stand zu halten.

„Wir fangen ganz langsam an", erklärte Frau Stark ihrem Jüngsten. Ihr war einfach wichtig, dass Jannik jeden Schritt in der Erziehung von Atze mitging. Nirgendwo lernt man besser, als wenn man alles von der Pike auf mitmacht. Jannik konnte inzwischen dem Maultier seine Trense anlegen. Auch das hatten sie Schritt für Schritt geübt. Erst das leichte Halfter, dann die Trense und inzwischen das Oberteil vom Zuggeschirr.

Sie hatten für Atze ein Geschirr für Ponys besorgt, das jetzt knallig rot um seinen Hals lag. Es war eigentlich ein bisschen zu klein, der Kobold war in den letzten Monaten ganz schön gewachsen, aber sie hatten es verstellen können, so dass es ordentlich saß.

Atze stand da, die Vorderbeine weit auseinander, schlaksig und struppig und betrachtete sich erst einmal selber von oben bis unten. Dieses rote Ding um seinen Hals hatte eine Fortsetzung, die zwischen seinen Beinen hindurch unter seinem Bauch verschwand. Man könnte zunächst einmal anfangen, dieses zu untersuchen. So schien es in dem Maultiergehirn zu klicken, also bearbeitete er das Geschirr erst einmal mit seinen Zähnen. Frau Stark gab ihm kurz einen Klaps unterhalb der Schnauze. Das hieß also: Nicht am Geschirr knabbern. Atze schüttelte den langen Hals.

Dann führte Frau Stark ihn ein paar Schritte mit dem neuen Geschirr über den Reitplatz. „Na also!" Jannik war begeistert. Du nimmst jetzt hinten die beiden Leinen auf und ziehst ganz leicht dagegen." ´Ein alter Indianertrick`, pflegte Frau Stark zu sagen, wenn man sie auf ihre Erziehungsmethoden ansprach. In die Zugringe des Geschirrs war kein Wagen eingespannt, sondern auf jeder Seite ein Seil eingeknotet, dass hinterher auf der Erde schleifte. Zuerst befestigte man ein leichtes Gewicht an den beiden Enden, z.B. einen mittelschweren Ast vom Feuerholz. Dann wurde es immer schwerer. Erst viel später kam der Wagen. Den Tieren gab das Sicherheit. Ein Baumstamm, der hinterhergeschleift wird, rollt nicht nach, wenn das Pferd zum Stehen kommt.

Jannik tat, wie ihm geheißen und nahm die Leinen auf. Atze ging an der kurzen Hand und Frau Stark raunte ihm ihre Kommandos zu. Zweimal Schnalzen hieß: Vorwärts marsch! Die Ohren stellten sich hoch und Atze zog an. Ein kurzes „Brrr" hieß: Stehen bleiben! Frau Stark hielt die Trense und arbeitete mit den Zügeln: Laufen lassen, Anziehen, Halt, Laufen lassen, Anziehen, links, rechts ... So hatten sie es schon eine ganze Zeit geübt und jetzt wurde gegen den Zug gearbeitet. „Du kannst jetzt stärker dagegen halten. Leg mal langsam etwas Gewicht hinein." Jannik fing an, sich schwerer zu machen.

Frau Stark blinzelte in die Sonne. Irgendwie hatte es ja so kommen müssen. Sie und dieser kleine Kobold, der ja längst ein großer Kobold war, einträchtig Seite an Seite. „Also wenn wir so etwas anfangen, dann machen wir´s auch richtig." Das waren ihre Worte. Und jetzt trabte sie mit Atze und Jannik durch ihre Reitbahn und bereitete diesen Kerl aufs Wagenziehen vor.

Sie sagte sich, dass es irgendwie immer so bei ihr war. Da hatte es einmal ein kleines knubbeliges Haflingerfohlen gegeben, das nur so nebenbei mitlaufen sollte. Der Haffi war auch wirklich nicht gerade das Pferd, das für die gehobene Dressurkunst prädestiniert schien, aber gerade das machte es scheinbar aus und jetzt trainierten der Haffi und sie täglich fürs große Reitturnier. „Also wenn, dann machen wir´s auch richtig." Ihr Ehrgeiz war schon längst erwacht, auch gegen ihre ursprüngliche Absicht. Sie fragte sich nur, warum er immer in solch aussichtslosen Fällen erwachte. Doch sie war fest entschlossen. Atze sollte ein Spitzenpferd werden, eines das auf Zuruf reagierte, eines, das Jannik leicht beherrschen konnte und eines das 100 Prozent sicher und zuverlässig war. Das hatte Sie sich vorgenommen. Also zog sie jetzt Runde um Runde mit ihm durch die Bahn.

Ein Jeep mit Anhänger rollte in die Hofeinfahrt, Thomas. Beute rannte zur Begrüßung auf ihn zu und bellte. Thomas war der einzige, der den aussichtslosen Kampf um den alten Fußball gelegentlich mit ihm aufnahm. Der eine Haken an der Sache war, dass Beute den Ball nicht freiwillig herausgab, wenn er ihn hatte, der andere war, dass er irgendwann ernst machte und auch seinen Spielkameraden nicht mehr herausgab und obwohl er Thomas liebte, achtete der immer auf die Anzeichen wölfischer Aktivität in den Augen des Hundes. Nur Hanna, Hanna war eine Ausnahme. Sie durfte alles und ihr gab er alles und Hanna würde er verteidigen bis aufs Blut. Hanna war sein Mitwelpe, Hanna war ein Mädchen und Hanna und Beute waren gemeinsam aufgewachsen.

Der Anhänger, auf dem Thomas sonst Motorräder transportierte, klapperte als er ihn zum Stehen brachte. Diesmal stand Jensens alter Karren darauf oder besser einer, der so aussah, wie Jensens alter, nur eben ganz neu.

Mit einem Freudenschrei ließ Jannik die beiden Leinen fallen und rannte quer über den Reitplatz zum Hof. Zwar kannte er seinen Wagen schon, hatte er doch Woche für Woche mit daran gebastelt, aber Thomas hatte ihn immer wieder vertröstet, weil er hier noch eine Reparatur hatte oder dort noch ein Teil ersetzt werden sollte. Thomas war wirklich ein Pingelheini.

Als Mutter Stark endlich hinterher kam, hatten Thomas und er schon angefangen die dicken Gummiriemen, die die Räder fest auf der Ladefläche des Anhängers hielten aufzuknüpfen. „Na, was hältst Du von unserem Prachtstück?" Thomas strahlte und schwitzte. „Alles selbst gemacht", Jannik war vor Aufregung außer Atem. Der kleine Karren hatte nichts mehr mit dem gemein, den Thomas aus Jensens Stall geholt hatte. Die Achsen lag sauber geschmiert und geölt in neuen U-Haltern. Die Holzräder waren frisch gefugt und die Eisenreifen waren wieder gleichmäßig darumgelegt. Ein Teil der Bretter hatte Thomas ersetzt und alle Holzteile waren frisch gebeizt und neu lackiert. Die kleine Sitzbank war neu gepolstert worden und das alte Rohrgestänge war jetzt gerade und mit glänzender grüner Lackfarbe überzogen. „Pass nur auf, dass Jensen ihn nicht wiederhaben will, dem darfst du das gar nicht zeigen." Frau Stark zwinkerte Thomas zu. Das war ein Kompliment. „Na und wenn schon", Thomas grinste: „Dann schreib ich ihm so´ne dicke Rechnung, dass ihm schwarz vor Augen wird." Thomas wurde übermütig. Behutsam rollten sie den Wagen jetzt von Anhänger hinunter, bis er vor der Einfahrt der Scheune stand. „Komm her!" Jannik zog seine Mutter um den Wagen herum. „Da schau!" Jannik deutete auf die Rückseite seines Wagens. „Das war ich!" In großen geschwungenen Buchstaben stand in leuchtend roter Farbe ein Name auf dem Brett: „Atze."

Süßer schwerer Duft hing in der Starkschen Küche. Genüsslich füllte Frau Stark ein Weckglas nach dem anderen mit einer heißen orangefarbenen Masse. Der große Kessel auf dem Herd war fast leer und vierzehn Gläser feinsten selbstgemachten Pfirsichkompotts standen frisch gefüllt auf dem Küchentisch. Jetzt fuhr sie mit dem Finger in den Topf hinein, um sich einen kleinen Vorgeschmack von dem zu gönnen, was sie liebevoll mit viel Zucker, Zimt, etwas Rum und ein paar speziellen Gewürzen für den kommenden Herbst für sich und für Freunde zubereitet hatte.

Ein markerschütternder Schrei durchbrach die Nachmittagsstille. Wie von der Tarantel gestochen schoss Frau Stark zur der Küchentür hinaus, die Treppe hinunter dem Reitplatz zu. Mit fliegenden Röcken bog sie um die Ecke zur Scheune und hielt atemlos einen Augenblick inne. Was sich ihr da auf dem Reitplatz bot war so grotesk, dass sie nicht wusste ob sie um Hilfe schreien, die Feuerwehr alarmieren oder sich erst einmal fürchterlich auslachen sollte. Doch sie tat nichts von alledem, sondern rannte schimpfend weiter, um Jannik aus der Klemme zu helfen.

Hanna saß auf dem Zaun, schrie und gestikulierte. Dazwischen mischte sich das jämmerliche Blöken und Krähen von Atze und das wütende und zugleich heulende Geschrei von Jannik, der ganz offensichtlich in Schwierigkeiten steckte. Das Maultier stand längs über einer Stange eines der Sprunghindernisse auf dem Reitplatz und kam nicht mehr vor noch zurück. Die Deichsel von Jensens alter Ponykarre lag halb verdreht quer darüber und der Wagen war auf die Seite gestürzt. Jannik, der immer noch die Zügel in der Hand hielt, lag unter einem der umgestürzten Hindernisständer und zwar dergestalt, dass sein Hals wie in einem Pranger klemmte und sein Gesicht um ein Haar in den Matsch unter dem Hindernis gedrückt wurde, was er nur dadurch verhinderte, dass er den Kopf so hoch wie möglich über den Erdboden hielt.

Am liebsten hätte Frau Stark das Schauspiel fotografiert, doch sie fasste erst einmal an. „Jannik, lass los." Jannik gab den Zügel aus der Hand. "Hast Du Dir was getan?" „Lass mich da raus", bellte eine wütende Stimme halb erstickt aus dem Matsch. Also Jannik war in Ordnung. Doch erst musste das Maultier befreit werden. „Hanna, hilf mal." Die Stange wurde behutsam vom Hindernis gehoben und auf den Boden gelegt. Frau Stark löste in der Zwischenzeit die Zugriemen vom Wagen. Atze blökte diesmal nicht, sondern er betrachtete alles ganz genau und schien hoch interessiert an dem zu sein, was sich um ihn herum abspielte. Während seine Ohren vor und zurück spielten, versuchte er dabei an eine der Taschen an Hannas Hose zu gelangen. Als er abgespannt war gab Frau Stark ihm eine Klapps, so dass er ein paar Meter weiter trabte.

„Und ich?" Jannik versuchte sich inzwischen im Schlamm hochzustemmen. Hanna half ihm, in dem sie den Hindernisständer anhob. Jannik krabbelte hervor. „Geht´s wieder?" Hanna schaute ihn sorgenvoll an. Jannik nickte. „Bring das wieder in Ordnung", sagte Frau Stark herb. Ihr Blick lag auf dem umgestürzten Wagen und ihre Stimme ließ keinerlei Anteilnahme erkennen. „Ja Mama", ließ sich Jannik kleinlaut vernehmen, auch wenn er zunächst gar nicht wusste, was er denn nun machen sollte.

Frau Stark wollte gar nicht wissen wie es passiert war. Jannik sollte seinen Fehler alleine ausbaden. ´So lernt man fürs Leben`, dachte sie bei sich. „Hanna komm." Ohne ein weiteres Wort strebte sie wieder dem Haus zu, wo eine von Pfirsichkompott duftende Küche auf sie wartete. „Hilft mir denn keiner?" Tiefe Empörung klang aus Janniks Stimme. Frau Stark drehte sich nicht um. „Doch, frag mal Atze!" rief sie. Aufgedreht nahm sie Hanna an der Hand. Sie war gespannt, wie Jannik dieses Problem lösen würde.

Jannik hockte auf der Erde. Ziemlich betriefelt schaute er sich die Bescherung an. Wenn nur der Wagen nicht kaputt war. Mal Abgesehen davon, dass er viel zu schwer war, als dass er ihn hätte allein wieder aufstellen können.

Richtig mulmig wurde es ihm bei dem Gedanken, dass er Thomas würde erklären müssen, dass der Wagen, in dem so viele Stunden Arbeit steckten, durch einen ganz dummen Fehler von ihm jetzt kaputt gegangen war.

Jannik ging einige Schritte auf den Wagen zu. Eines der Räder stand in der Luft und drehte sich.

Auf den ersten Blick schien alles in Ordnung zu sei, nur dass die rechte Seite im Schlamm steckte und die Vorderachse verdreht über der Deichsel lag. Soweit er sehen konnte, war nichts gebrochen. Es beruhigte ihn aber irgendwie nicht. Den Dreck würde er mit dem Schlauch runterkriegen, aber was, wenn etwas Wichtiges kaputt war? Er hätte heulen können, aber zum Heulen hatte er überhaupt keine Zeit. „Heulen löst keine Probleme", sagte Mama immer. „Die musst Du erst lösen, dann hast Du zum Heulen immer noch Zeit, - wenn Du dann noch willst." So war Mama manchmal.

Er ging um den Wagen herum und versuchte ihn hochzustemmen. Das war schier unmöglich. Selbst wenn er ihn hochbekommen hätte, hätte er ihn doch keineswegs über die Ladefläche stürzen und auf die Räder bringen können. Alleine war das nicht zu schaffen.

Der einzige der ihm hätte helfen können wäre Thomas, der hatte Riesenkräfte. Doch das ging nicht, wie würde er denn vor Thomas dastehen? Vielleicht sollte er erst einmal Atze in den Stall bringen und dann neu überlegen.

Atze wartete ganz friedlich. Es schien, als habe er das Abenteuer weitaus besser überstanden als sein Fahrer. Zutraulich knabberte er an Janniks Tasche. „Du dummer alter Esel", meinte Jannik. „Was haben wir da nur angerichtet?" Beide starrten auf den hölzernen Wagen, der wie ein Sprunghindernis in die Luft ragte. Da kam Jannik plötzlich eine Idee.

Frau Stark staunte nicht schlecht, als der kleine Wagen mit dem Maultier davor direkt vor dem Küchenfenster anhielt. Hatte er es doch geschafft. Sie ging hinaus auf die Treppe. Jetzt war sie aber gespannt, was Jannik sich hatte einfallen lassen, um den Wagen wieder aufzurichten. „Na ja, Atze und ich haben eben beschlossen: Was wir zusammen anrichten, das bringen wir auch zusammen in Ordnung." Jannik tat, als sei alles das Selbstverständlichste von der Welt gewesen. „Spann mich nicht auf die Folter", entfuhr es ihr. Wie hast Du´s gemacht?" „Na ja", wiederholte Jannik. „Alter Indianertrick, diesmal war es halt ein bisschen mehr Gewicht, aber zusammen haben wir es geschafft." Jannik strahlte über das ganze verschmutzte Gesicht. „Atze hat's geschafft." Jannik war es seinem Freund schuldig. „Ich hab ihn nur auf der Seite einspannen müssen und er hat genau das gemacht, was Du ihm beigebracht hast. Und dann hab ich mich nur dagegengestemmt, damit der Wagen nicht runterkracht."

„Da hatte er aber mächtig Vertrauen in Dich." Frau Stark tat immer noch etwas abweisend. „Na, dann bring ihn mal in den Stall", meinte sie. „Und mach den Wagen sauber. - Wenn Du reinkommst gibt's Pfirsichkuchen mit Sahne und eine große Limo", fügte Sie hinzu. Sie drehte sich um und ging wieder in ihre Küche. Jannik konnte nicht sehen, dass sie breit lächelte. Meine Güte war sie plötzlich stolz auf ihren kleinen Mann, auf diesen kleinen Stark und dieses unmögliche Viech von einem Maultier.

Der Wecker hämmerte durch die Dunkelheit. Frau Stark setzte sich sofort auf. Sie hatte ohnehin kein Auge zugetan. Bis spät in die Nacht hatte sie alles vorbereitet. Die Turnierjacke und die weiße Hose hingen fein gesäubert am Schrank. Die Lederstiefel waren eingeschmiert und Hanna hatte ihr geholfen sie blank zu polieren. Das Zaumzeug, der Sattel, Steigbügel, Trense alles war gereinigt und gefettet. Der Haffi hatte gestern nach dem letzten Training noch eine extra lange Bürstenmassage bekommen. Dann hatte sie ihm die leichte Decke übergeworfen, damit er sich nicht schmutzig machen konnte.

Die Kiste mit dem Putzzeug war gepackt, dass Futter für den Tag war abgefüllt und die Bandagen waren zurechtgelegt. Alles musste heute früh nur noch auf den alten Pritschenwagen gepackt werden, der bereits abfahrbereit vor dem Haus stand. Auch den Pferdeanhänger hatte sie gestern Abend ebenfalls schon fest angeschlossen.

Thomas rollte sich aus dem Bett. „Ich mach Frühstück." murmelte er. Frau Stark schaute ihm im Halbdunkel nach. Seine wuchtige Gestalt verschwand die Treppe hinunter. Um wie Vieles lieber hätte sie ihn jetzt bei sich gehabt, seine Wärme und seine Kraft gespürt. „Rückzug gibt's nicht", murmelte sie. „Die Starks kneifen nicht. Komme was da wolle." Mit einem Ruck stand sie auf. Es ging los.

Der Kaffee konnte Tote aufwecken, doch heute Morgen schmeckte alles fabelhaft: Das klumpige Rührei, der verbrutzelte Schinken, die angebrannten Brötchen. Thomas war der unbekümmerteste Küchenheld, den man sich denken konnte. „Möchte noch jemand?" Thomas hielt die Kaffeekanne hoch. Hanna war noch völlig verschlafen, so dass ihr gleich zweimal die Marmelade vom Brötchen rutschte: „Wann sind wir dran?" Thomas verteilte eine weitere Ladung aus der

Pfanne. „Um acht ist Einschreiben, um zehn wollte ich zum Anreiten, um kurz nach elf bin ich dran. Um halb zwölf ist alles vorbei. – für mich, jedenfalls", stieß Frau Stark mit vollem Mund hervor. Sie hatte Hunger, mehr noch sie hatte Wut. Langsam kochte es in ihr hoch. Sie brauchte nur an diesen skeptischen abschätzenden Blick von Gunnar Petersen zu denken, um sich selber in Rage bringen.

Das zweite Schwarzbrötchen mit Rühreiklumpen und Brutzelschinken verschwand. Sie wollte es ihm zeigen. Hanna gähnte. „Ich hab noch gar keinen Hunger." Trink wenigstens den Tee", meinte Thomas. „Das Brötchen pack ich Dir ein. Der Hunger kommt später garantiert, dann bist Du froh, wenn Du was mit hast."

Noch ein großer Schluck Kaffee und es konnte losgehen. Frau Stark rückte ihren Stuhl nach hinten. „Lass Jannik ruhig noch schlafen, reicht wenn Ihr zum Aufruf da seid." Frau Stark schickte sich an ihr Geschirr in die Spülmaschine zu räumen. „Lass stehen", meinte Thomas. Ich mach dass, wenn ihr weg seid. Er verstaute zwei Thermosflaschen in einen Korb. „Wir sind rechtzeitig da", meinte er. Hanna seufzte: „Ich würde jetzt auch noch gerne schlafen.".

Kurz darauf standen sie gemeinsam im Hof und führten den Haffi in den Hänger. Hanna schloss die Klappe und verschwand auf den Beifahrersitz.

"So, wenn noch was fehlt, dann bring ich es nach." Thomas schlug die Fahrertür des alten Pritschenwagens zu. Frau Stark kurbelte die Seitenscheibe herunter. Wieder hatte sie das Bedürfnis, dass Thomas doch bei ihr sein sollte. „Du, ich setz auf Dich", Thomas Augen sprühten vor Begeisterung. „Ihr beiden zeigt denen jetzt was eine richtige ´starke` Frau ist." Er bewunderte selber sein kleines Wortspiel. Frau Stark musste lächeln. Wie überzeugt Thomas war. Sie bemerkte, dass ihre Finger feuchte Abdrücke auf dem Lenkrad des Wagens hinterließen. Jetzt wurde es Zeit. Sie drehte den Schlüssel um. So richtig reichte die Wut doch noch nicht.

Jannik hatte Jensens Wagen neben den Transporter für den Haffi gelenkt und warf seinem Maultier einen Büschel Heu hin, doch Atze schien das alles überhaupt nicht zu interessieren. Seine Ohren standen aufrecht und er blickte dem großen Freund nach, der bereits mit Frau Stark zwischen den Bäumen und den anderen Wagen hindurch in Richtung Turnierplatz verschwunden war.

Von hier aus konnte man ein Stückchen des Reitplatzes und Teile der großen Tribüne sehen.

Die Lautsprecherdurchsagen wehten hinüber. Jannik stellte sich auf eine der mitgebrachten Kisten, in denen das Putzzeug und die Bandagen verstaut waren. „Nächstes Jahr", murmelte er. „Nächstes Jahr sind wir auch dabei." Wie zur Bestätigung schnaubte das Maultier durch die Nüstern und fasste jetzt doch nach dem Bündel Heu, das vor ihm ausgebreitet auf der Erde lag.

Das war seine Überraschung für Mama und Hanna gewesen. Er und Atze waren den ganzen Weg gemeinsam hierher gefahren und zwar allein. Natürlich hatten sie einen Verbündeten gehabt. Thomas hatte ihm etwas geholfen, aber eigentlich hatte er nur aufgepasst und sie beide mit seinem Jeep begleitet. Dabei war es ein ganz schönes Stück gewesen. Erst vom Hof auf die Landstraße. Das ging wunderbar. Atze merkte wohl, dass hier eine neue Freiheit anbrach so kräftig, wie er anzog. Jannik musste ihn ganz schön zurückhalten. Dann ging es weiter auf der Straße quer über die Bäke auf die Stadt zu.

Es war das erste Mal, dass Atze und er eine solche Fahrt machten. Doch Atze benahm sich fabelhaft. Etwas unruhig wurde Jannik erst, als ihnen das erste Auto entgegen kam. Atze jedoch schien das gar nicht zu beeindrucken.

Thomas blieb weiter hinter ihnen. Dann bogen sie wieder von der Landstraße ab und fuhren über Seitenwege fast um die halbe Stadt herum. Thomas fand es für die erste lange Ausfahrt einfach sicherer, nicht durch die Stadt selber zu fahren. Man wusste nicht, was einem alles begegnen konnte, und die Strecke war ja auch deutlich länger, als der Übungsparcours an der Weide.

Dann sahen sie von weitem den Turnierplatz. Sie hörten die Geräusche und bald kamen sie an den ersten Autos und Pferdetransportern vorbei. Jannik bekam ein so stolzes Gefühl im Bauch, dass er beinahe geplatzt wäre. „Hejo, hejo", rief er, als er den Haffi und Hanna sah und seine Mutter, die gerade dabei war den Sattelgurt festzuziehen, weil sie zum Anreiten loswollte.

Die Überraschung war gelungen. „Mensch, wie habt ihr das denn gemacht?" Hanna staunte nicht schlecht. Frau Stark funkelte Thomas an, als er sich dazugesellte, doch der hatte sich vorbereitet. „Einmal Pferdeverstand, immer Pferdeverstand", meinte er und lächelte sie breit an. „Das wirst Du mir büßen", gab sie zurück und knuffte ihn in den Bauch. ´Nicht zu liebevoll`, dachte sie, ´Wenn sie jetzt nachgab, würde von Ihrer Wut gar nichts mehr übrig bleiben`.

Hanna hielt die Trense. Der Haffi scharrte unruhig, als wisse er, dass es jetzt spannend wurde. Frau Stark hatte die Augen geschlossen und ihre Hände ruhten ganz entspannt auf dem Sattel. Vor ihrem inneren Auge ging sie den Parcours noch einmal durch. Jeden Übergang, jede Hilfe ließ sie an sich vorbeiziehen und fühlte sie bis in die Finger- und Zehenspitzen nach. Der Haffi schnaubte. Durch das geöffnete Gatter kam ein mächtiger Fuchs schweißnass vom Reitplatz zurück. ´Sie würden es verdammt schwer haben`, dachte Hanna, ´Direkt hinter solch einem Prachtkerl zu starten`.

Jetzt kam der Aufruf. Frau Stark hatte die Augen geschlossen. Dann gab sie dem Haffi einen leichten Druck. Der sprang sofort an.

„Mensch Jannik, sie zieht es richtig durch." Jannik und Thomas waren am Sattelplatz stehen geblieben, weil sie Atze nicht alleine lassen wollten. Thomas stand auf einer der Kisten und hielt seinen Feldstecher an die Augen. „Hier", er hielt ihn Jannik hin, „Du, das ist Weltspitze, was Deine Mutter da hinlegt." Seine Stimme, die sonst immer so ruhig und tief war, bebte plötzlich vor Begeisterung. „Cassandra" hat bei der Volte einen Riesenpatzer und „Tunichtgut" ist viel zu lahm durch die Mitte gekommen. „Ich kann es nicht sehen", nörgelte Jannik und gab den Feldstecher zurück. Vergeblich hatte er sich auf die Zehenspitzen gestellt.

„Nächstes Jahr machen Atze und ich auch mit." Thomas gab keine Antwort. Gebannt verfolgte er in dem kleinen Ausschnitt, den sie beobachten konnten, wie der Haffi eine wahre Energieleistung hinlegte. Der langgezogene Trapp war atemberaubend geworden. Die Passage ein wahrer Tanz. Jetzt stand dieses kleine kräftige Pferd und strotzte vor Kraft, die es bei jedem

Schritt in die Erde gestampft hatte und das war rüber gekommen. Die Leute klatschten vor Begeisterung.

Das war eben die etwas andere Art von Dressur, wie Frau Stark immer zusagen pflegte. Sie hob ihren Zylinder und grüßte das Kampfgericht. Jetzt schob sie den kleinen Trick nach. Der Haffi ging mit einem Bein zurück, knickte kurz ein und beugte den Hals tief zur Erde und richtete sich wieder auf. Die Leute klatschten plötzlich wie aus dem Häschen.

Wiener Hofreitschule bei einem Haflinger. Gunnar Petersen fiel beinahe der Zigarrenstumpen aus der Mund. Er schaute schnell nach links und rechts, doch Walter Harms neben ihm hatte schon das Kreuz ganz rechts außen auf den Stimmzettel gemacht und Helga Schönbohm hielt ihre Hand verdächtig über den Stimmzettel, so dass er nichts sehen konnte. Diese Frau Stark, „Donnerlittchen", entfuhr es ihm. Helga Schönbohm blinzelte ihn an. „Na Gunnar, da musse wohl die richtige Karte erst noch drucken lassen." „Halt eine von uns", ließ sich Walter Harms vernehmen. Gunnar kreuzte jetzt auch an, aber ein Profi hebt sich die Höchstwertung bis zum Schluss auf, das war klar. Dennoch, diese Frau Stark … .

Hanna schrie und hüpfte vor Begeisterung. „Mama, Mama Du hast „Tunichtgut" geschlagen, wir liegen ganz vorne." Sie rannte auf den Haffi zu und schlang ihre Arme um seinen Hals, als beide durch die Schranke wieder zurückkamen.

Frau Stark war zufrieden, ziemlich gut, dachte sie, das musste erst einmal überboten werden.

Thomas polterte von der Kiste und konnte sich gerade noch mit einer Hand an der Wand des Transporters auffangen. Vor lauter Freude hatte er gar nicht mehr darauf geachtet, wo er gestanden hatte und war nach seinem Luftsprung mit dem Absatz an der Kante hängen geblieben. Atze, den das Geschehen bisher völlig ungerührt gelassen hatte legte ein Ohr nach hinten und blökte unvermittelt los. Jannik schaute beide verständnislos an. „Is` denn schon vorbei?" „Ne, natürlich nicht", gab Thomas zurück, „aber es war einfach toll."

Dann fiel ihm ein, was Jannik prophezeit hatte. „Das funktioniert nicht, Jannik. Bei aller Liebe, ein Maultier kann keine Dressur lernen." Jannik schaute jetzt noch verständnisloser, als er es beim Sturz von Thomas von der Kiste getan hatte. „Du siehst doch wie toll Atze den alten Wagen hergezogen hat. Er versteht alles was ich sage und morgen ist das Geschicklichkeitsfahren für Einspänner, das will ich ansehen." Thomas betrachtete Jannik, der den Kopf von Atze in den Arm genommen hatte und ihn unter dem Maul kraulte. Dann wurde er ernst. „Jannik, dann brauchen wir einen anderen Wagen!" Er nahm Jannik an die Hand und sie stiegen beide gemeinsam auf die Kiste.

Hanna kam zu ihnen gelaufen. „Mama reitet den Haffi noch trocken, aber sie war richtig gut." „Wissen wir, ha´m wir gesehen", Jannik sprang herunter und lief ihr entgegen. „Nächstes Jahr machen Atze und ich auch mit." Hanna hörte gar nicht zu: „Mama war spitze, spitze, spitze!" rief sie und tanzte im Kreis.

„Neuer Morgen" sagte Frau Stark. Aus ihrer Stimme klang tiefe Enttäuschung. Joseph Röter war verdammt gut gewesen. „Ein Zehntel Wertungspunkt." Sie schaute nach unten und zog mit dem Stiefel einen Strich in den Sand. „Ich hab's auch nicht wirklich geglaubt." Sie schaute Thomas ausdruckslos an. „Ich bin eine dumme Kuh, nur eingebildet. – Alles Illusionen."

Thomas fasste ihre Schulter. Da liefen dieser tapferen Frau doch die Tränen runter, weil sie nicht gewonnen hatte. Thomas musste beinahe laut loslachen. „Du warst gut, Du warst besser." „Ja, ich weiß, aber Du hast keine Chance wenn Du keines von den richtigen Großpferden hast." „Das ist doch egal", Thomas konnte es nicht fassen. „Die Leute waren begeistert."

Hanna war etwas hilflos. „Der zweite Platz von ganz Ostfriesland, Mama!" „Wolltest Du wirklich nach Oldenburg zum Turnier?" Thomas klang ungläubig: „Da ist die deutsche Elite am Start." „Nein, nein, Du hast schon Recht. Der zweite Platz ist schon ganz toll. – Ihr seid sowieso ganz toll." Frau Stark nahm ihren Jüngsten in den Arm. „Wie ihr das nur wieder gemacht habt." Sie deutete auf Atze, der sich inzwischen ein paar Mohrrüben vom Haffi stibitzt hatte. „Jetzt strahlt sie wieder", Hanna drückte ihre Mutter.

Der Wind trieb schwere graue Wolken vor sich her. Klatschend flogen die Tropfen vor die Eisentür und liefen in Striemen daran hinab. Der Regen verwandelte den staubigen Vorplatz der alten Möbelhalle in eine glitschige graue Fläche.

Thomas schob die Tür zu und legte den schweren Eisenriegel vor. ´Sauwetter`, dachte er, während er den Lichtschalter betätigte. Ein kurzes Flackern durchlief die ganze Halle, dann erleuchtete das weiße Neonlicht die Werkstatt taghell.

Sorgfältig wischte sich Thomas die Schuhe ab. Bei dem Wetter würde der Dreck quer durch die Halle getragen werden und er hatte keine Lust alles aufzuwischen.

Am anderen Ende der Halle stand sein Zeichentisch. Bevor er mit dem Bau eines seiner Motorräder anfing, machte er sorgfältig seine Konstruktionen. Er berechnete die Größen, die Statik und das Gewicht. Dann listete er die Materialien auf und die Zulieferer.

Schließlich nahm er seine Zeichnungen mit zum TÜV, wenn er seine Räder anmelden wollte. Glücklicherweise saß dort Dieter Schilling. Dieter konnte ihn gut leiden und Dieter war auch Motorradfan, auch wenn er natürlich seine Aufgaben als TÜV-Prüfer ernst nahm. Aber man hat es einfacher, wenn da einer sitzt der einen versteht und der nicht gleich alles ablehnt, was sich Kunden so an Besonderheiten wünschen, sondern der auch mal ´ne Idee hat, wie man es machen kann. Dieter war so einer.

Zwei Aufträge für das kommende Frühjahr hatte Thomas bereits. Die Jungs, die zu ihm kamen, wollten zu Ostern raus auf die Piste, also kamen sie im Spätsommer oder im Herbst und erzählten ihm, was sie haben wollten, den Umbau ihrer alten Maschine oder auch mal was Neues.

Über die Jahre hatte sich rumgesprochen, dass er die besten Maschinen baute. Und wer da alles kam, Ärzte, Direktoren, Rechtsanwälte und Leute wo er gar nicht wissen wollte, was die so machten. Er staunte immer, wie die die Kohle nur so hinblättern konnten. Und es kamen natürlich auch ganz normale Jungens, so wie er, die schraubten auch ein bisschen und suchten seinen Rat und ließen sich mal was anbauen oder umbauen oder reparieren. Die wollten nicht gleich im Sommer nach Daytona, um mit einem Superbike zu protzen, die wussten auch so, wer sie waren und wenn sie mal ein paar PS mehr brauchten, dann war das für Thomas eine der leichtesten Übungen.

Thomas hängte seine nasse Jacke an den Haken und rieb sich die feuchten Hände an der Hose ab. Er knipste die Lampe über dem Zeichentisch an. Geschickt zog er ein frisches Blatt auf und klemmte es fest. Rechts oben in der Ecke auf dem Papier gab es ein freies Feld. Dort trug er für gewöhnlich den Namen des Kunden, das Auftragsdatum, die Kundennummer und den Abgabetermin ein. Thomas nahm seinen Zeichenstift und schrieb: „Jannik Stark, Termin: 01. Juni."

Eine horizontale Linie war zunächst das einzige, was er ziemlich genau in der Mitte des Blattes anbrachte. Geübt legte er am oberen Rand der Fläche die Bemaßung fest.

Dann starrte er die Linie an. In seinem Kopf spielte sich die gesamte Konstruktion ab. Bevor er den nächsten Strich wagte, stellte er sich alles im Detail vor. Strich für Strich, Punkt für Punkt und wie alles zusammenpassen und zusammenspielen musste. Erst jetzt folgten zwei Kreise, die im Abstand von ein paar Zentimetern genau parallel zu der Achse standen, die bereits da war. Oben am Rand zog Thomas eine weitere Linie und trug ebenfalls die Maße ein. Wiederum betrachtete er einen Augenblick lang die beiden Kreise. Wieder folgte eine Linie, dann noch eine. Langsam begannen seine Bewegungen schneller zu werden. Aus Linien wurden Achsen und Hebel, aus Kreisen Räder und Muttern. Manchmal unterbrach er und skizzierte seine Gedanken auf einen dicken Schreibblock gleich neben seinem Brett. Dann ging es wieder weiter. Zug um Zug wuchs unter seinen riesigen Händen eine neue Schöpfung am Zeichenbrett. Draußen begann es dunkel zu werden.

Die helle Deckenbeleuchtung war inzwischen gelöscht und eine zweite Lampe in der Nähe des Zeichentisches angeschaltet. In der kleinen Teeküche nebenan pfiff der Teekessel. Thomas schlenderte hinüber. Er spürte, wie er jetzt wieder drin war. Der erste schwarze Tee war nur ein Vorwand für eine kleine Pause, die er sonst überging. Er hätte sowieso nicht schlafen können. Solange ihn eine Idee noch beschäftigte und nicht alles auf Papier festgehalten war, war er so unruhig, dass er nicht einschlafen konnte. Dann rannte er manchmal wie ein Tiger in seiner Halle hin und her. Es war wie eine Art Panik, die ihn ergriff, weil er Angst hatte, eine gute Idee wieder zu verlieren. Er würde heute nicht ins Bett gehen, bevor er diese Geschichte fertig hatte.

Draußen wurde es bereits dämmrig. Es hatte längst aufgehört zu regen. Als Thomas die Hallentür wieder aufschob, huschte ein Vogel über den Vorplatz und verschwand in den Bäumen. Die Luft war feucht und kühl. Der Wind hatte nachgelassen und Thomas trat hinaus. Seine Augen wanderten zu den hohen Baumspitzen. Immer noch zogen schwere dunkle Wolken darüber hinweg.

Er dachte an Susanne. Er hoffte nur, dass sie nicht sauer war, wenn er ihr später mal diese Arbeit zeigte. Sie wollte sicher nicht, dass er sich so in ihr Familienleben drängte, aber irgendwie dachte er auch, dass er es Jannik schuldig war, dass ihn jemand unterstützte. Auf alle Fälle würde er erst zeigen, was er ausgetüftelt hatte, wenn es fertig war.

Er ließ sich auf seinen alten Schaukelstuhl sinken, der draußen neben der Halle unter dem alten Birnbaum stand. Dort saß man im Sommer wunderbar im Schatten auch wenn die Blätter des Baumes hier und da mal einen Sonnenstrahl durchließen. Der Regen hatte den Herbst angekündigt und die Blätter des Baumes hatten den Stuhl auch nicht geschützt. Aber es störte ihn nicht, dass die Feuchtigkeit durch seine Hose drang. Jetzt kroch die Müdigkeit hervor, die er die letzten Stunden unterdrückt hatte.

Thomas lehnte den Kopf zurück zu schaute in den Himmel. Er dachte an ihre erste Begegnung nur ein paar Schritte von hier. Wie eigenartig so etwas ist. Wenn Du es am wenigsten erwartest, dann kommt jemand geradewegs vorbei und haut Dich um. Und wenn Du nicht aufpasst, ist er wieder weg und Du merkst erst viel später, dass es eine gute Begegnung war. Diesmal hatte er Glück gehabt, einfach Glück. Eine andere Bezeichnung gab es nicht dafür. Der ersten Begegnung war die zweite gefolgt. Die zweite Chance zu merken, dass da jemand war, den man nicht einfach gehen lassen durfte.

Ihm kam alles so selbstverständlich vor. Sie waren sich begegnet und hatten sich erkannt. Jedes Mal, wenn sie sich wiedersahen, war es das gleiche und das machte es schön und aufregend zugleich. Ihm schien es, als führen Sie gemeinsam auf diesem großen stillen Fluss, lautlos, Boot an Boot nebeneinander her. Sie waren sich vertraut, von Anfang an, sie hatten sich nur eben jetzt erst getroffen.

Manchmal hätte er gerne ein Tau hinüber geworfen, damit das andere Boot nicht wieder fortschwamm, oder wenigstens eine von diesen langen Leinen, die vorne im Bug lagen. Die könnte man dann einhängen, wenigstens ganz locker, doch das hätte er niemals gewagt.

´Es ist gut wie es ist`, dachte Thomas und stand wieder auf. ´Ein paar Stunden Schlaf wären nicht so schlecht`, dachte er. Er ging zur Halle, schob die Türen wieder zu und schloss ab. Er erwischte sich dabei, wie er angefangen hatte leise vor sich hin zu pfeifen. Nebenan war seine Wohnung, im Anbau, wo früher die Büros gewesen waren. Er schloss die Tür auf und schlüpfte hinein.

Während er sich auf sein Bett sinken ließ, begann er sich auszuziehen. Wieder dachte er, ´... und wenn eines dieser Taue aus dem anderen Boot zu ihm hinüberfliegen sollte, in sein Boot?` Er wagte nicht daran zu denken, aber er würde es sicher auffangen.

Das Fohlen kaute an der Trense. Heißer Atem dampfte aus seinen Nüstern. Es war immer noch das Fohlen, auch wenn es inzwischen ein kräftiger Jährling war. Voller Unruhe stießen seine Hufe auf den gefrorenen Boden. Frau Stark behielt Zügel und Trense fest im Griff, als sie sich jetzt von seinem Rücken gleiten ließ.

„Meinst du, sie ist jetzt soweit?" Hanna schaute ihre Mutter erwartungsvoll an. „Meinst Du, jetzt?" „Es ist noch zu früh", Frau Stark gab sich verschlossen. „Gib ihr noch ein paar Wochen." Der erste Ritt mit vollem Zaumzeug und Sattel lag hinter ihnen. Das Fohlen hatte gekämpft und gearbeitet, auf und nieder, fast eine Stunde ohne Unterbrechung. Es war sehr gut gegangen und Frau Stark war sich sicher, dass die junge Stute ein hervorragendes Reitpferd abgeben würde. „Darf ich Mama?" Hanna bettelte. Trotz des kalten Wintertages hatte das Fohlen unter seiner Satteldecke geschwitzt. Ein dunkler Rand zeichnete sich auf dem fuchsfarbenen Fell ab. Lebhaft tanzten seine Ohren. Der weiße Stern auf der Stirn leuchtete in der frühen Dämmerung. „Ich denke es ist noch zu früh, Hanna." In Hannas Augen schimmerte dieses Flehen. Frau Stark verstand den brennenden Wunsch, sein erstes eigenes Pferd auch selber reiten zu dürfen. Noch dazu, wenn dieses Pferd einem von seiner Geburt an vertraut war und ein so prachtvolles Geschöpf war. „O.K. wir versuchen es. Ich führe Dich, aber nur die paar Schritte bis zum Stall."

War es einer dieser schwarzen Rabenvögel, der sich plötzlich im Halbdunkel vor dem Pferd in die Höhe erhob? War es das Brechen der kleinen Eispfützen unter den Hufen des jungen Pferdes? Eine Unachtsamkeit in der Führung? War Ronda schon zu erschöpft?

Hanna saß noch nicht ganz oben. Sie stand noch im linken Steigbügel, gerade bereit das rechte Bein hinüberzuschwingen, um auf dem Sattel zu landen. Urplötzlich scheute das Fohlen, brach zur Seite aus und warf die Hinterhand herum. Frau Stark hatte Mühe es zu halten und sich selber vor dem sehnigen Pferdekörper zu schützen. Erst wurde sie nach vorne mitgerissen, doch dann fing sie sich und behielt Ronda fest im Griff.

Sie hatte Hanna mit einer Hand den Rücken abgestützt, doch im selben Augenblick als das Tier so heftig reagierte, wurde sie weggerissen und konnte das Mädchen nicht mehr halten. Hanna wurde weggeschleudert, wie von einem Katapult. Frau Stark nahm hinter sich nur das hässliche Geräusch wahr, ein kurzes trockenes Krachen, ein kurzes erschrecktes Aufschreien, das gleich wieder erstickte, als Hanna zu Boden schlug. Frau Stark ließ das Fohlen los.

Sie hatte das Risiko gekannt. Eine Welle der Verzweiflung schlug plötzlich in ihr hoch. Dies hier war ihre Schuld. Sie stürzte zu ihrer Tochter, doch bevor sie sie erreichte hielt sie auf der Stelle inne. Instinktiv drehte sie um und rannte zum Haus. Sie war alleine. Jannik war bei Thomas. Sie brauchte Hilfe. In ihr hämmerte es: „Man lässt eine Verletzte nicht alleine!" Sie kannte die alte Regel – „Man lässt sie aber auch nicht einfach verrecken", stieß sie instinktiv hervor. Sie hätte am liebsten geschrien, sie hätte am liebsten losgeheult, sie brauchte Hilfe. Beute schoss unter der Haustreppe hervor, bellte und rannte neben ihr her. Sie nahm die Stufen mit zwei Sätzen und stürmte in den Flur. Sie stürzte auf das Telefon, sie drückte auf die Tasten, 1 - 1 - 0.

Am anderen Ende routinemäßige Anspannung und Konzentration: „Wo sind sie genau?" Frau Stark beschrieb es so schnell sie konnte. „Der Hof in der Senke", sagte sie tonlos. „Bleiben Sie bei der Verletzten wir kommen sofort." Frau Stark konnte noch ein Geräusch von heruntergedrückten Tasten wahrnehmen, eine kurze Anweisung, dann war die Leitung wieder unterbrochen.

Sie rannte zurück. Hanna stöhnte. Gott sei Dank sie lebte. Das Fohlen stand am Rande der Koppel. Verstört warf es den Kopf auf und nieder. Beute war jetzt dich bei ihr. Sie kniete sich zu Hanna. Hanna musste heftig mit dem Kopf aufgeschlagen sein. Sie lag ziemlich verdreht auf der Erde. Sie war bewusstlos. Beute lief unruhig um Hanna herum. Er winselte leise, legte sich zu ihr, stand wieder auf, um sich noch einmal zu drehen und sich dann mit der Schnauze an Hannas Arm wieder hinzulegen. Frau Stark zog ihre Jacke aus, Sie musste Hanna warm halten, so gut es ging. Sie wagte nicht Hanna zu bewegen. Behutsam hob sie ihr den Kopf an, als sie ihre Jacke mit dem weichen Futter nach oben darunter schob. Blut war in den Schnee gesickert.

Der Wagen fuhr ohne Sirene. Das Blaulicht zitterte durch die Dämmerung. Die dunklen Schatten der Alleebäume schlugen wie schwarze Flügel um den Wagen. Das Surren des Motors und die verhaltene Stimme des Fahrers am Funkgerät gaben ein Gefühl routinemäßiger Sicherheit. Weniger als zwanzig Kilometer zur Landesklinik, weniger als 10 Minuten Fahrt. Der junge Notarzt neben Hanna schwitzte. Seine Augen verfolgten konzentriert die Anzeigen der Instrumente. Frau Stark schien es, als wäre alles um sie herum totenstill. Sie sah auf Hanna, sie sah den Arzt, das Licht, das den Unfallwagen von innen hell erleuchtete. Hannas Gesicht war von einer durchsichtigen Sauerstoffmaske halb verdeckt. Sie sah das kleine dunkle Rinnsal, das langsam aus Hannas Ohr floss. Frau Stark schaute verzweifelt aus dem Fenster. Sie kannte die Strecke, jede Kurve jeden Baum. Der Weg, den sie jeden Morgen zur Arbeit fuhr, diesmal bereitete ihr jedes Erkennen Schmerzen. ‚Wir sind noch nicht da, wir sind noch nicht da'.

Die Einfahrt zur Notaufnahme war hell erleuchtet. Sie fuhren direkt bis in den Eingang. Zwei Helfer warteten. Ein Helfer riss von draußen die Wagentür auf, der andere kam hinzu. Die Trage rutschte an ihr vorbei. Wie weit entfernt hörte Frau Stark das Ausklappen der Räder unter der Trage. Der junge Notarzt war hinausgesprungen, die Flasche mit der Infusion in der Hand. Die Trage rollte durch die gläserne Tür, die sich aufschob, einen hellerleuchteten Flur entlang. Frau Stark lief hinterher, bis sich eine alufarbene Metalltür vor ihr zuzog. Erst jetzt spürte sie die Hand auf ihrer Schulter, die sie langsam wieder zurückführte. „Sie können hier warten." Susanne blickte in zwei Augen. „Geht es ihnen nicht gut?" Susanne schüttelte den Kopf. Jemand drückte sie in einen Stuhl. Warten.

„Ronda kann nichts dafür. Ich habe einfach nicht konsequent nein gesagt." Jannik und Thomas starrten Frau Stark von der anderen Seite des Küchentisches aus an. „Sagt nichts, ich weiß es selber, ein Fehler, ein verdammter Fehler." Es war fast Mitternacht.

Die Fahrt vom Krankenhaus war einsilbig verlaufen. Thomas hatte keine Fragen gestellt. Während Hanna in den OP geschoben worden war, hatte das Krankenhaus bei Thomas angerufen. Wenige Minuten später waren Jannik und Thomas gekommen. Sie hatten gemeinsam draußen auf dem weißgetünchten Flur gewartet. Dann war der Arzt zu ihnen herausgekommen und hatte sie nach Hause geschickt. „Sie können jetzt nichts mehr tun. Fahren sie nach Hause und ruhen Sie sich aus." Morgen früh, wenn das Kind wieder aufwachte, würde man näheres sagen können. Morgen früh, sofern es heute Nacht keine Komplikationen geben würde.

„Ich habe mich überreden lassen, diese wenigen Schritte. Kein Mensch hätte geglaubt ...", sie brach ab. „Ich habe es trotzdem getan, wider besseren Wissens." ´Ein Hauch von Stolz`, dachte sie, ´weil es so gut gelaufen war, weil sie sich hatte überreden lassen wollen. Hochmut und Übermut, ein hässliches Paar.`

„Soll ich bleiben", Thomas war behutsam. Frau Stark schüttelte den Kopf: „Ich ruf Dich an." Sie schob ihn langsam durch die Tür nach draußen. Auf der Treppe nahm er sie noch einmal in die Arme. Sie folgte seinen Schritten zum Wagen. „Ich muss das mit mir selber klar machen." Thomas nickte. Während die Reifen seines Jeeps davon knirschten, ging sie langsam zurück. Die Luft war eiskalt. Über ihr der sternenklare Nachhimmel.

Als der Krankenwagen gekommen war, hatte sie Ronda so wie sie war in die Scheune geschoben und war mitgefahren. Als sie wiederkam stand Ronda vor Lisas Box und hatte ihrer Mutter den Kopf über den Hals gelegt. Es schien als habe sie ihr alles erzählt und als habe Lisa alles verstanden. Atze und der Haffi dösten in ihrer Ecke und Jette schlief in ihrer eigenen Box. Sie rief das Jungpferd bei Namen. Sie holte Bürste und Striegel, den Futtereimer und eine Decke. Dann führte sie das Pferd in den Gang. In langen gleichmäßigen Bewegungen bürstete sie das Fell bis es im Licht der Stallbeleuchtung glänzte. Ronda hob den Kopf hoch und es schien, als sei sie sich der Wertschätzung und der Zuwendung bewusst und als genösse sie jede dieser Berührungen. Frau Stark hoffte nur, dass Ronda sich nicht verkühlt hatte als sie sie die letzten Stunden nass geschwitzt allein gelassen hatte. Sie legte ihr die Decke um und ließ sie zu Lisa in die Box.

Als sie wieder ins Haus zurückkam, war Jannik bereits auf seinem Zimmer verschwunden. Er hatte ihr nicht die Schuld gegeben. Thomas hatte ihr nicht die Schuld gegeben. Keiner hatte ihr die Schuld gegeben. Es war halt ein Unfall, aber dennoch, es gab keinen Ausweg sich von einer solchen Schuld zu befreien.

Obwohl sie tot müde war, war sie viel zu aufgewühlt, um Schlaf zu finden. Die Bilder rauschten an ihr vorbei: Ronda, Hanna, der Notarzt, die Menschen im Krankenhaus, Jannik, Thomas, Hinnerk Jensen, Ole Besken, Beute und wieder Hanna. Hanna, ihren Aufschrei, das Knacken als sie aufschlug, ihr fahles Gesicht im Blaulicht des Krankenwagens, ihr mattes Gesicht unter der Sauerstoffmaske, Hanna.

Spät in der Nacht, Frau Stark lag zusammen gerollt in ihren Kissen. Ihr ganzer Körper bebte und zitterte. Zeit zum Heulen. Sie ließ ihren Tränen freien Lauf. Sie hielt Hanna in ihren Armen. Die kleine Hanna, die mit ihren kleinen warmen Mund ihre Brust suchte. Sie wollte sie beschützen. Sie sollte an ihrem Herzen groß werden. Sie wollte für sie sorgen und sie beschützen, bis sie selber groß war. Wie sehr brannte dieser Wunsch jetzt wieder in ihr. Noch einmal anfangen, noch einmal eine Chance. Kein Gebet kann inbrünstiger sein.

Dieser saubere Geruch aus Bohnerwachs und Karbol wirkte irgendwie beruhigend. Sauberkeit, Pflege und Ordnung verkörperte dieser Geruch, Sicherheit bei dem Gedanken einen Menschen anderen zur Obhut und Pflege zu überlassen. Draußen war es bitterkalt. Die Reifen des Wagens hatten auf dem halb gefrorenen Kies geknatscht, als würde das Gummi reißen wollen. Der Flur, den sie hinuntergingen, war nur schwach beleuchtet. Vom anderen Ende fiel Tageslicht durch eine fast bodentiefe Scheibe einer Tür, die nach draußen auf eine Stahltreppe führte.

Jannik hatte Frau Stark an der Hand gefasst und summte etwas vor sich hin. Die Schwester, die vor ihnen her ging, führte sie an einem der breiten Fahrstühle vorbei bis fast ans Ende des Ganges. „Wir haben sie heute früh aus der Intensiven nach hier oben verlegt. Sie hat die Nacht gut geschlafen. - Der Verdacht auf Schädelbasisbruch hat sich glücklicherweise nicht bestätigt. Eine heftige Gehirnerschütterung und die Schlüsselbeinfraktur werden ihr noch einige Wochen zu schaffen machen." Sie wandte sich noch einmal um. „ ... aber das schlimmste ist überstanden." Sie drückte die Klinke einer der weißen Zimmertüren.

Hanna war wach. Langsam bewegte sich ihr Kopf zur Tür. Die Sonne strahle vom kalten blauen Himmel direkt in ihr Bett. Frau Stark holte tief Luft, während Jannik neugierig auf das Bett starrte. Sein Summen wurde langsamer, dann blieb es hängen. Unter einem großen weißen Verband blinzelten zwei wasserhelle Augen und eine kleine stupsige Nase, deren Spitze jedoch leicht lädiert war, lugte in das Sonnenlicht.

Die rechte Schulter der kleinen Patientin steckte in einer Art Gestell, das die Schulter und den Ellenbogen auf eigenartige Weise in die Höhe zog. „Wie siehst Du ...?" Jannik bekam ein beklommenes Gefühl beim Anblick seiner Schwester mit diesen Gerätschaften.

Das musste ziemlich unbequem sein. „Alles in Ordnung Mama", sagte Hanna. Sie legte den Kopf zurück in ihr Kissen. Frau Stark trat an das Bett und fasste nach der kleinen weißen Hand, die neben der Bettdecke lag. „Mach Dir keine Sorgen Mama, morgen geht es mir wieder besser." Frau Stark fühlte einen großen Kloß in ihrem Hals. Sie nahm die Hand und führte sie an ihre Lippen.

Jannik lief um das Bett herum. „Haben sie Dich operiert?" Er zog sich einen Stuhl heran. Neugierig betrachtete er den Kopfverband. „Weiß nicht", sagte Hanna. „Habe ich nicht gemerkt. Nur ganz viele bunte Lichter habe ich gesehen, dann war ich hier." Frau Stark hatte sich wieder gefangen. „Tut´s sehr weh?" fragte sie. Hanna wollte den Kopf schütteln hielt aber inne. „Nein, geht schon. Der Kopf ein bisschen, die Schulter ein bisschen, ... bin nur so müde." „Hast Du Fernsehen?" Jannik schaute sich um. „Darf noch nicht. Hat der Arzt gesagt." Hanna versuchte sich zu drehen. „Kann auch noch gar nicht." Ihre Augen blickten müde.

Die Schwester, die sie zum Zimmer begleitet hatte, kam wieder herein und brachte eine Vase. „Heute bitte nur kurz Frau Stark. In ein paar Tagen geht es ihr dann bestimmt besser."

Sie sagten eine Weile nichts. Frau Stark wickelte das Papier von einem Margeritensträußchen und steckte es in die Vase.

„Was habe ich falsch gemacht?" Hanna schaute ihre Mutter bittend an. „War es zu früh?" Frau Stark spürte wie die Tränen in ihr hochstiegen. Sie nahm erneut die Hand, deren Finger soeben noch Hannas lange Haarenden nervös um einander gewickelt hatten. „Ich hätte das nicht tun dürfen", sagte Hanna. „Ich mache mir solche Sorgen. Wie geht es Ronda?"

Frau Stark dachte, dass es nicht stimmte. Sie hatte die Verantwortung gehabt, sie machte sich Vorwürfe. Jede Bewegung sah sie noch einmal vor sich. „Du hast gar nichts falsch gemacht." Sie blickte Hanna zärtlich an. „Wir konnten es wohl beide nicht recht abwarten." Hanna blinzelte zurück. „Ja, das stimmt. Ich hab nur Angst, dass es Ronda geschadet hat."

Ein Gemisch aus kalten Regentropfen und feuchtem Schnee nahm Thomas die Sicht. Die Scheiben des Jeeps waren rundum beschlagen und er musste sich immer wieder mit Hilfe eines Tuches „Durchblick" verschaffen. Es prasselte auf das Autodach.

Die drei Starks hatten sich gemeinsam auf die Rückbankgedrückt. So saßen sie eng beieinander. Die Wiedersehensfreude war einer andächtigen Stille gewichen. Nur das Gestell an Hannas Schulter störte ein wenig.

Jeden Tag hatten sie Hanna besucht und jeden Tag hatte sie nach den Tieren gefragt. Der Jeep holperte von der Straße hinunter in den Feldweg hinein.

Hanna dachte nur an ihr Pferd. Der erste Weg würde der zu Ronda sein. „Wenn man jemanden liebt", hatte Mama mal gesagt, „Dann geht man mit ihm durch dick und dünn." ´Genau so`, dachte Hanna, als sie von der Rückbank des Jeeps rutschte und zur großen Scheune hinüber lief.

Jannik war ganz verzweifelt. Der Regen rann seine Jacke hinunter, der Regen rann über sein Gesicht, der Regen rann in seinen Nacken und er stand und traute sich nicht weg. ´Wenn er jetzt zurück ins Haus ginge, würde der Bus kommen und er hatte ihn endgültig verpasst und Mama wäre sauer, weil er nicht in die Schule gefahren war`. Seine Schuhe waren nass, seine Hosen waren durchweicht und kein Bus kam. Was sollte er nur tun?

Mama war schon lange zur Arbeit gefahren und hatte Hanna mitgenommen und er hätte schon längst in der Schule sein müssen.

Es kam ihm wie eine Ewigkeit vor, dass er zur Haltestelle gegangen war. ‚Ein Unfall', dachte er, es konnte nur ein Unfall gewesen sein, warum der Bus nicht kam. Langsam schlenderte er zurück. Dann kamen ihm Zweifel. War er vielleicht zu spät rausgegangen? Hatte er zu sehr getrödelt? Vielleicht war es ja seine Schuld, dass er nicht die Schule erreicht hatte. Mannomann, würde er einen Ärger kriegen!

Er seufzte tief, als er die Treppe zum Hauseingang hinaufstieg. Er griff in die durchnässte Hosentasche. Der Schlüssel, verdammt wo war der Schlüssel. Beute bellte drinnen. Er hatte ihn auf der Treppe gehört. Auch das noch. Der Schlüssel war weg. Verloren? Er durchwühlte seine Taschen. Kein Schlüssel. Mama würde schimpfen. Schlüssel verlieren war so ziemlich das Schlimmste, was passieren konnte.

Unter dem Vordach stand er wenigsten trocken. Beute kläffte immer noch, dann legte er sich auf der Innenseite der Tür zur Ruhe.

Jannik wurde langsam kühl. Eigentlich war ihm schon die ganze Zeit kühl, aber jetzt hatte er das Gefühl, als bliese der Wind genau unter das Vordach.

Die Hintertür zur Scheune musste offen sein. Jannik trottete durch den Regen zur Scheune. Drinnen war es bestimmt wärmer. Er schlüpfte hinein und stand im Pferdegang. Auch hier war es nicht gerade wohlig warm. „Hatschi" ein lauter Nieser schallte durch die Halle und gleich noch einer. Mama würde bestimmt stocksauer sein, wenn er sich jetzt auch noch erkältet hätte.

Atze stand an seiner Tür und schnaubte erwartungsvoll durch die Eisenstäbe. Der Haffi döste in seiner Ecke. „Bin zu spät gekommen", Jannik sah sein Maultier an. „D. h. ich weiß nicht so genau, oder der Bus ist nicht gekommen. Da oben kann man sich auch nicht unterstellen." Atze drehte die Ohren in seine Richtung und kam auf ihn zu. Er schob seine weiche Maultierschnute durch die Gitterstäbe und die dunklen Eselsaugen schauten Jannik an. Eines war ganz toll an Atze, man konnte ihm alle Sorgen erzählen und man konnte meinen, dass er auch zuhörte Jannik merkte wie er anfing zu zittern. Erneut ein Nieser. Jetzt war ihm klar, er hatte sich erkältet. „Frau Breuer wird sauer sein." Frau Breuer war seine Klassenlehrerin. Heute war die Deutscharbeit dran und Frau Breuer hatte ohnehin einen „Kieker" auf ihn, so glaubte er zumindest.

Die nasse Hose klebte an seinen Beinen. Draußen trommelte der Aprilregen auf das Scheunendach. Atze knaupelte freundschaftlich an Janniks Jacke. „Zieh den Rüssel ein", pflaumte Jannik seinen Freund an, aber es klang eher liebevoll, wie er es sagte. Irgendwo mussten die Decken für die Pferde sein. Jannik ließ seinen Schulrucksack bei Atze stehen. Im hinteren Teil der Scheune gab es eine kleine Kammer in der die Sättel, Trensen und die Decken waren. Die große schwarze war die von Lisa eine kleinere war für Ronda. Er zog sie aus dem Regal und ging zurück zu den Boxen. Ein weiterer Nieser löste sich und die Pferde schnaubten wie zur Antwort. Bei den Tieren war es wärmer. Jannik zog einen Heuballen heran, dann öffnete er die Box vom Haffi. Direkt an der Tür schob er den Ballen in eine Ecke, dann wickelte er sich in die Decke ein und setzte sich darauf. So würde er es jetzt eine Weile aushalten, bis Mama zurück war. Das konnte noch ein paar Stunden dauern.

„Da bist Du ja. Was machst Du denn hier drinnen? Los komm, steh auf." Jannik fühlte wie er von einer Hand geschüttelt wurde. „He, was ist los, steh auf." Jannik war immer noch nicht ganz klar. „Wir haben Dich überall gesucht." Das war Hanna. Wieso Hanna? Wie spät war es überhaupt? „Mama hat Deinen Schlüssel auf Deinem Tisch gefunden, da wussten wir, dass Du irgendwo draußen sein musstest." „Der Bus ist nicht gekomm...", wollte er sagen. Jannik merkte wie er hochgezogen wurde. „Was ist denn los mit Dir?" Frau Stark hatte ihn an den Händen gepackt. „Ich hab die ganze Zeit gewartet, aber er ist nicht gekommen." „Ich habe schon überall angerufen, in der Schule und bei Thomas und bei ...", „Jensen" wollte sie sagen aber sie musste erst einmal Luft holen. „Die Schule hat gesagt, dass Du nicht da warst. Ich habe vielleicht einen Schreck bekommen. Sag mal, wegen der Deutscharbeit?" Mutter Stark schaute ihren Sprössling entgeistert an. „Nein Mama, ehrlich der Bus ist nicht gekommen." Dann hielt sie ihn plötzlich fest. „Schau mich mal an Junge, Du hast ja Fieber."

In die Pferdedecke eingehüllt trotte Jannik über den Hof. Irgendwie ging es ihm gar nicht gut. Hanna hatte ihren Arm um ihn gelegt. Er konnte sich auch gar nicht erinnern, dass er eingeschlafen war. Noch die Treppe hoch. Er dachte an den Ärger mit Frau Breuer. Dann war er froh, dass er sein Bett hatte.

Von unten hörte er seine Mutter: „ ... die sind wohl verrückt geworden. Der Bus ist nicht gekommen.

Morgen können die was erleben, eine Unverschämtheit …" Viel mehr konnte Jannik nicht verstehen. Als Hanna mit einem Teller Suppe an sein Bett kam war er schon wieder eingeschlafen.

Als er wieder aufwachte stand Atze vor ihm. Direkt vor ihm und grinste ihn an. Bei Atze konnte man das eigentlich nicht Grinsen nennen. Atze schaute immer etwas frech. „Los zur Schule", murmelte sein Maultier. „Du kannst aufsteigen, los komm."

Warum war er denn nicht gleich darauf gekommen. Hin reiten, einfach mit Atze hin reiten. So viel langsamer als der Bus würden sie nicht sein und ein paar Abkürzungen kannte er auch. Mama hatte es zwar verboten, aber wenn er dann pünktlich in der Schule ankam und heil wieder zurück, wäre sie sicher stolz auf ihn.

Ganz verlässlich trabte Atze los erst einmal bei Jensen vorbei. Der stand am Zaun seiner Weide und staunte nicht schlecht. Dieser Jannik der ritt doch dieses Maultier wie ein erfahrener Reiter und wie das lief! Er hob die Hand und winkte. Jannik grüßte zurück und drückte Atze die Waden in die Seite und der zog sofort an. Das war's. Geradewegs mit dem Maultier in die Schule. Genauso hatte er sich das vorgestellt. Jetzt kam er an der großen Mauer am Ortseingang an. Da stand die Frau vom Fleischehrmeister Borowski. Hallo Jannik, ist das Dein Maultier. Jannik grüßte zurück: „Ja, Frau Borowski. Das ist Atze und Atze ist mein bester Freund." Frau Borowski winkte im fröhlich hinterher. In der Zwischenzeit hatte es sich schon herumgesprochen, das Jannik mit Atze auf dem Weg in die Schule war. Da kamen sie ihm schon entgegen. Die Kati, der Willi, Annika, Tim, Rettchen, Paula, Andi, Mike … . Alle kamen ihm entgegen und riefen: „Jannik, Jannik!" Dann blieb Atze plötzlich stehen. Mit einem Ruck. Jannik fiel fast vorne über, so heftig hatte Atze gebremst und erst jetzt bemerkte Jannik den Grund. Da stand wie aus der Erde gewachsen mitten auf der Straße: Frau Breuer. Die rief ihn: „Jannik, Jannik", dann packte sie ihn und schüttelte ihn und wollte ihn vom Maultier runterziehen und dann ... Dann wachte Jannik wieder auf. Seine Mutter stand an seinem Bett, Hanna stand dahinter und Dr. Busemann war da.

„Eine richtige Lungenentzündung", diagnostizierte Dr. Busemann nach dem er Jannik abgehört hatte. „Den hat's aber erwischt." „Und jetzt?" Frau Starks Stimme klang besorgt. „Die nächsten Tage eiserne Bettruhe, das Fieber muss runter." Er reichte Frau Stark eine kleine Packung. „Hier, das geben sie ihm dreimal am Tag. Viel trinken und bei Bedarf kalten Wadenwickel. Am besten vor der Nachtruhe. „Am Freitag sehen wir uns wieder!" Er reichte Jannik die Hand.

Als Dr. Busemann weg war, setzte sich Hanna zu Jannik ans Bett. „Mama hat bei den Verkehrsbetrieben angerufen. Du die haben den Bus einfach umgeleitet. Der fährt nicht mehr auf unserer Straße." „Dann kann ich ja gar nicht mehr in die Schule." Jannik überlegte ob das ein Vorteil oder ein Nachteil für ihn war. „Mama war so wütend, dass sie geheult hat." Jannik war betroffen. Das kam selten vor, dass seine Mama heulte. Eigentlich nie. „ ... und wenn sie bis zum Oberverwaltungsgericht geht, hat Mama gesagt, das lässt sie sich nicht bieten." Jannik war plötzlich sehr traurig. Was konnte er tun um Mama zu helfen? „Was kann man denn da tun?" fragte er. „Mama hat gesagt, sie geht morgen zu Bürgermeister."

Johannes Trogsal schob hastig die Schublade unter seinem Schreibtisch zu. Gerade noch rechtzeitig konnte er das Papiertaschentusch verschwinden lassen, mit dem er sich die Wange abgewischt hatte. Er könnte Eviane dafür umbringen, dass Sie bei jeder kleinen Knutscherei Spuren hinterließ.

Noch immer leicht erregt zupfte er seine Krawatte zurecht. Dann ging auch schon die Tür auf. „Susanne!", Johannes Trogsal war aufgesprungen und ging lächelnd und mit ausgestreckter Hand auf sie zu. „Willkommen in meiner bescheidenen Hütte." Frau Stark zog die Augenbrauen hoch und schaute sich um. Von bescheiden konnte gar keine Rede sein. Das Bürgermeisterzimmer war dreimal größer als ihr Wohnzimmerzimmer zu Hause und das Gemälde an der Wand ging fast bis zur Decke. „Setz Dich doch, was führt Dich zu mir?" Eviane strahlte ihn augenzwinkernd an, als sie die schwere Tür des Bürgermeisterzimmers zuzog. Sie nestelte immer noch an ihrer Bluse. Johannes Trogsal bekam erneut einen leichten Schweißausbruch. Diese Pute, dieses göttliche Geschöpf von einer Pute würde noch dafür sorgen, dass ihr kleines Techtelmechtel aufflog und dann …

„Johannes das ist eine echte Schweinerei." Frau Stark blitzte ihn mit ihren dunklen Augen an. Johannes Trogsal erschrak. Zu allem Überfluss war es auch noch Frau Stark, die ihn jetzt entlarvte. Ihm wurde plötzlich schlecht. Ausgerechnet Susanne. Immerhin war sie mit seiner Frau bekannt und immerhin war es erst zwei Jahre her, dass er ihr das Du angeboten hatte. Sofort schoss ihm die laue Sommernacht damals auf dem Lichterfest am „Meer" durch den Kopf. Nach dem gemeinsamen Essen mit den Honoratioren der Stadt und den anderen Bürgermeistern durfte man ja mal das Tanzbein schwingen, so in allen Ehren. Und diese Frau Stark, die damals die Landfrauen mitvertreten hatte, war gar nicht so ohne, so ein echtes Temperamentsbündel. Ja, unser Johannes konnte schon immer echt charmant sein. Na ja und seine Doris, die hatte sich schon seit Jahren auf Kaffeekränzchen und die Orchideenzucht verlegt. ´Mann` wollte ja vom Leben auch ein bisschen mehr als ´einmal im Monat im Dunklen unter der Decke` ...

Die Fahrt zu alten Scheune war auch noch echt lustig gewesen, zwei Gläser und eine Flasche Sekt an Bord und schon halb leer, schöner konnte so ein Mittsommernachtstraum kaum beginnen. Und dann die Geschichte von der Einladung der Landfrauen zum Kaffee bei der Frau des Bürgermeisters, da war er vor Schreck gleich mit beiden Füssen auf die Bremse gestiegen. Und als ihn die Frau Stark dann ungläubig angeblickt hatte, musste er Ihr ja gestehen, dass er der Mann von der Frau Bürgermeister war. Na ja und dann war die Fahrt zur alten Scheune zu Ende, noch bevor sie dort angekommen waren.

Das Tolle war: Diese Frau Stark war nicht einmal böse gewesen. Gelacht hatte sie, laut und schallend und unser Johannes hatte sie brav nach Hause gebracht auf ihren kleinen Hof und er war brav nach Hause gefahren zu seiner Doris und unter die Decke im Dunkeln, einmal im Monat ...

Frau Stark holte noch einmal tief Luft: „Das ist so etwas von einer Sauerei." „Aber Susanne", Johannes Trogsal hob beschwichtigend die Hand oder wie zum Schutz. „Lass Dir doch." „Ich lass mir das nicht gefallen. Johannes. Du musst was unternehmen, Du bist der Bürgermeister!" Johannes Trogsal musste sich setzen. Frau Stark starrte ihn ungläubig an. Damit hatte sie nicht gerechnet, dass ihr Auftritt den Bürgermeister gleich umhauen würde. Für einen Augenblick sinnierte Sie, was sie ausgelöst hatte, aber sie verwarf den Gedanken sofort wieder.

„Setz Dich doch, setz Dich doch." Johannes Trogsal hielt immer noch eine Hand wie zur Abwehr in die Luft. „Hör mal, Johannes!" Frau Stark hatte ihm inzwischen den Gefallen getan und sich auf einen der Stühle vor seinem Schreibtisch gesetzt. „Die haben einfach den Bus umgelegt, ohne eine Mitteilung zu machen." Johannes Trogsal war etwas verwirrt. Es ging also nicht um ihn? „Jannik hat Montagmorgen zwei Stunden im Regen auf den Bus gewartet und ist dann wieder nach Hause gekommen. Der Junge kann nicht alleine den ganzen Weg jeden Tag mit dem Fahrrad in die Schule fahren, das ist viel zu weit. Du, ich habe da angerufen. Die Haltestelle sei gestrichen und die Fahrtroute „geglättet" worden!" Johannes Trogsal atmete langsam auf. Der neue Geschäftsführer der privatisierten Verkehrsbetriebe war tätig gewesen. Nicht er, er Johannes Trogsal war schuld, sondern ein anderer. Sofort ging es ihm besser. „Darf ich Dir einen Kaffee anbieten?" Charmant, charmant wie eh und je, langsam kehrte die Farbe wieder zurück in sein Gesicht. „Fräulein Holsten!" Die Tür öffnete sich prompt. Eviane mit Ihrem strahlenden Lächeln. „Ja Herr Bürgermeister?" „Zwei Kaffee und ...", zu Frau Stark gewandt: „Conjäckchen?" Er legte den Kopf erwartungsvoll zur Seite. „ – Zur Beruhigung.?" Ehe Frau Stark etwas erwidern konnte, wandte er sich erneut seiner Sekretärin zu: „... und zwei Cognac bitte." Eviane zog die Tür zu, nicht ohne ihm ein vertrauliches Zwinkern zuzusenden.

Johannes Trogsal ließ sich in seinen Sessel fallen. „Susanne, das kriegen wir in den Griff. Also erzähl mal genauer." Er konnte jetzt erst einmal Zeit gewinnen. Er wusste längst was zu tun war, aber er musste ja schließlich die Wichtigkeit der Angelegenheit betonen und brauchte unbedingt Pluspunkte bei Frau Stark. Man wusste ja nie wofür es gut sein würde.

Als Cognac und Kaffee kamen blätterte er schon angestrengt in dem neuen Vertrag, den die Gemeinde mit den Verkehrsbetrieben gemacht hatte. Dann griff er zum Hörer „Bleib ruhig sitzen." Er machte Frau Stark ein Zeichen, die sich anschickte, wegen eines vermeintlich vertraulichen Telefonates den Raum zu verlassen.

„Herrn Obermüller ... Bürgermeister Trogsal." Frau Stark hörte das Knacken in der Leitung, dann ein Krächzen am anderen Ende. „Obermüller?" „Trogsal hier, moin. Ich sitze hier über unserem Vertrag. Ja, wegen der Linienglättung." Aus dem Hörer kam jetzt vielsagendes Gebrabbel. Frau Stark verstand nur die Hälfte. „§ 13 ... in Härtefällen ist mit der Gemeinde abzustimmen!" Obermüller erwiderte etwas, was Frau Stark nicht verstand. „Haben´se aber nicht getan Obermüller!" Kurzer Einwand am anderen Ende der Leitung. „Ja, nein, die Umwegschleife, B 437." Obermüller schien etwas zu erwidern „Den Starkschen Hof haben Sie abgeschnitten!" Johannes Trogsal bellte jetzt wie ein wütender Vorstehhund. Wieder kam etwas aus der Leitung, das sich wie ´6 Kilometer` anhörte. „Sie haben dem Hof die Lebensader abgeschnitten!!!" Dieser Ton duldete keinerlei Widerspruch. Der Widerstand am anderen Ende war dementsprechend nur gering. Ein paar hastige Worte folgten aus dem Hörer. „Zurückführen. Ja bis morgen. Die Kinder müssen in die Schule!" Die Schärfe mit der J. T. in den Hörer befehligte war schon etwas Besonderes. Noch immer das Krächzen vom anderen Ende, das aber jetzt eher unterwürfig klang. „War kein so guter Einstieg Obermüller." Jetzt hatte Johannes Trogsal noch eine echte Prise E 605 hinzugefügt, bevor er den Hörer wieder auflegte.

Junge, junge war er in Form gewesen dachte Johannes Trogsal bei sich selber. Er wusste gar nicht, dass er so böse werden konnte. „Kleine Fische," wandte er's sich wieder Frau Stark zu und hob sein Glass. „Auf Dein Wohl Susanne, morgen fährt der Bus wieder richtig." Er konnte nicht umhin breit zu lächeln. Kopf gerettet, Amt gerettet, Ansehen gerettet. Johannes Trogsal ging es wieder gut. „Ich danke Dir Johannes." Frau Stark stand auf. Sie war erleichtert.

Behände kam er hinterher, um ihr die Tür zu öffnen. „Warte mal kurz." Frau Stark hielt ihn zurück, als seine Hand bereits auf der schweren messingfarbenen Klinke lag. „Hier, mach mal feucht." Sie hielt ihm ein Taschentuch vor den Mund. „Dann rubbelte Sie ihm mit dem feuchten Tuch die Wange am Hals sauber. „Macht sich nicht so gut, wenn Kollegen oder Besuch kommt." Dann schob sie ihm das Taschentuch in die Jackettasche. Plötzlich fühlte sich Johannes Trogsal wie ein kleiner Junge, dem man gerade die Leviten gelesen hatte, und das ohne ein Wort zu sagen.

‚Punkte gesammelt, Punkte verloren, nicht mal Einstand', dachte Johannes Trogsal, als er sich wieder gesetzt hatte. So recht froh war ihm nicht zu Mute. Er verfluchte diese Pute, dieses göttliche Geschöpf von einer Pute. Er würde ihr … Die Tür öffnete sich. Ein strahlendes Lächeln kam unschuldig auf ihn zu. Die Bluse, die irgendwie nicht richtig zuging, wippte direkt in seiner Augenhöhe. „Hannilein, die Herren vom Umweltausschuss sind da. Ich hab Dir die Akten zusammengestellt."

„Schau mal her." Thomas hob eine breite Lederschlinge in die Luft. „Meinst Du das könnte ihm stehen?" Jannik legte den Kopf auf die Seite. „Ich würde links und rechts ein paar bewegliche Ringe einziehen und er hätte ein gut sitzendes Geschirr."

Jannik staunte auf welche Ideen Thomas so kam, aber es war wirklich ganz toll. Sie hatte einen ganzen Tag gesucht und probiert und Thomas hatte seine ganze Werkstatt umgekrempelt, um für Atze das Richtige herauszufinden.

Zwischen Unmengen von Schrauben, Schellen, Motorradketten, Auspuffanlagen, Scheinwerfern, Zylinderköpfen, Motorradlenkern, Federsitzen, Tankverschlüssen und Reifen hatte Thomas auch einen Berg Lederteile in seiner Werkstatt. D.h. Werkstatt war eigentlich nicht die richtige Beschreibung.

Wenn Thomas seine Motorräder baute dann war das eine Art Schöpfung. Jedes Teil wurde einzeln ausgewählt, geputzt und eingepasst. Die Montagebühnen ließen sich hydraulisch rauf und runter fahren. Thomas hatte zwei. Eine auf der er baute und konstruierte, die andere, wenn ein Biker eine Reparatur brauchte. Mit einem fahrbaren Kran in der Mitte ließen sich Motoren einpassen.

Dann war da noch die Präsentationsbühne mit dem filzbezogenen Dielenboden. Sie wurde von großen Scheinwerfern beleuchtet und immer wenn ein Rad fertig war, wartete es dort auf seinen neuen Besitzer. Für die Airbrush lackierten Tanks hatte er einen eigenen Raum eingerichtet und die Chromteile, die restauriert werden mussten, brachte er eigens nach Emden in einen speziell ausgerichteten Galvanisierungsbetrieb.

Thomas schuf Tage und Nächte lang. Mehrere Monate gingen ins Land bis wieder eines dieser glitzernden

High-Rider Räder fertig waren. Er baute immer nur eines und mehr als fünf im Jahr war gar nicht zu schaffen.

Als damals die alte Möbelhalle draußen am Brink Pleite gemacht hatte, hatte Thomas sie preiswert gemietet. Dann hatte er erst einmal alles in Ordnung gebracht. Je herunter gekommener das Gebäude von außen aussah, desto sauberer und gepflegter wurde es von innen. Thomas hatte alles penibel gesäubert, entrostet, gestrichen und geschmiert. Genauso war es mit den Einzelteilen, die er von überall her zusammengesucht hatte. Dabei war es gleichgültig ob ein neues Teil ausgepackt wurde oder ein Teil, das er aus alten Maschinen ausgebaut hatte oder von einem Schrottplatz geholt hatte. Wenn die Hauptbeleuchtung und die großen Arbeitsscheinwerfer angingen, dann glitzerte und funkelte es überall, denn jedes Teil, war ebenso hergerichtet gesäubert, poliert und auf Hochglanz gebracht worden, als sei kein Motorradmechaniker am Werk gewesen, sondern ein Juwelier.

Irgendwie war es bei Thomas selber so, wenn dieser ewig unrasierte rothaarige Hüne mit seinen langen zotteligen Haaren, und der immer gleichen alten grünschwarzen Lederjacke von seinem schwarzen Motorrad stieg, ahnte man nicht, welche Wärme und Freundlichkeit hinter dieser rauen Fassade und den funkelnden blauen Augen schlummerte.

Jetzt stand da eine Art Kutschwagen auf der Montagebühne in metallenem Grau, mit schimmernden Speichenrädern und einer mit rotem Leder bezogenen Sitzmulde. Die Deichsel bestand aus zwei chromglänzenden Stangen, die noch unmontiert vorne auf der Montagebühne lag. Dieser Wagen hatte zwar vier Räder und er war auch lenkbar durch die bewegliche Vorderhachse, aber er erinnerte doch mehr an einen Sulky als an eine Kutsche.

Jannik, Hanna und Frau Stark hatte es die Sprache verschlagen, als Thomas sein Kunstwerk vorgestellt hatte. „Den Sitz habe ich etwas tiefer zwischen die Aufhängung der Achsen gelegt, damit könnt ihr die Kurven so scharf fahren wie ihr wollt." Er zwinkerte Jannik zu. „Durch den Ausgleich hier", Thomas deutete auf die Dämpfer, die er in der Verbindung zwischen Feder und Achse eingebaut hatte, „bleibt der Wagen ganz stabil liegen. Die Räder sind 28 Zoll aber nicht so breit wie die üblichen Kutschen Räder aber breit genug, damit man im weichen Boden nicht hängenbleibt. Der Rahmen ist aus Alu", strahlte er stolz. „Das spart 30% Gewicht am ganzen Wagen." Sie konnten es kaum fassen.

„Du bist verrückt", sagte Frau Stark, Du kannst doch nicht Deine ganze Arbeitszeit in diese Sache stecken." Sie sah ihn ehrlich bewegt an. „Das kann ich doch gar nicht gut machen." „Kannst Du", spottete Thomas voller Übermut. „Du weißt schon, Du kennst doch meinen Lieblingswunsch." Dann grinste er sein breitestes Lächeln, doch im gleichen Augenblick wurde er etwas unsicher. Er wusste, dass er ihren wunden Punkt getroffen hatte. Frau Stark war wirklich eine mutige Frau. In ganz Friesland gab es kein Pferd, das sie nicht reiten und zureiten würde und sie bändigte jeden Hengst, wenn es darauf ankam, aber auf sein Motorrad zu steigen, dazu hatte er sie noch nie überreden können. Dabei wollte er doch nur einmal mit ihr nach Skagen, da oben im Norden: „Wo der Wind den Duft des ewigen Eises trägt. Wo die Sonne viel heller scheint als hier bei uns, wo das helle Licht über das Wasser tanzt und das eiskalte Blau an den Strand trägt." So erzählte er immer. Das war sein Traum, wenn er von seinen Erlebnissen und Fahrten berichtete. Natürlich wollte er auch über Kopenhagen fahren und zum großen Bikertreffen, klar, das war Pflicht.. Doch seine Susanne war immer zurückhaltend, wenn er davon anfing. „Erstens kriegst Du mich nicht auf so ein Ding da", dabei deutete sie auf sein Motorrad, „und zweitens ist das auch nicht meine Welt." Damit meinte sie wohl die Biker, diese „Meute hartgesottener, militanter Rechtsradikaler, Ex-Legionäre und Ex-Sträflinge", wie Sie sich gelegentlich bewusst übertrieben gehen ließ.

Thomas biss sich auf die Lippen und tat so, als habe er seine eigene Bemerkung nicht gehört. Frau Stark trat auf ihn zu. Sie drückte seinen Arm, jedoch ohne ihm eine Antwort zu geben. „Und das alles wegen Atze", seufzte sie dann.

Jetzt suchten Jannik und er aus dem Leder passende Teile für das Geschirr zusammen. Die steil abfallende Schulter des Maultiers passte in das herkömmliche Geschirr nicht so gut hinein, also musste jetzt ein entsprechendes für den neuen Wagen gefunden werden. Außerdem galt es Steifheit und Beweglichkeit so hinzu bekommen, dass Atze seine Energie richtig einsetzen konnte und Jannik trotzdem exakt die Kurven und die Steigung hinbekam. Der Geschicklichkeitsparcours war kein Zuckerschlecken.

Als sie abends gemeinsam in der großen Küche saßen, war Hanna die erste, die die Gedanken, die alle unausgesprochen im Raum lagen, zusammenfasste. „Du musst Atze jetzt anmelden. Es geht. Er ist 18 Monate." Frau Stark antwortete nicht und goss den Kindern Milch in ihre Gläser. „Und wenn wir dann gewinnen, dann kriegt Thomas seinen Preis!" Jannik strahlte und fasste wie zur Bekräftigung Thomas bei der Hand. „Jawoll", bekräftigte er. Hanna strahlte, Thomas räusperte sich etwas verlegen. Er konnte sein Grinsen kaum verbergen.

Frau Stark blickte auf, hilflos sah sie in die Runde und fing plötzlich an zu weinen. Sie fühlte sich für einen

Augenblick einsam, hilflos, einfach alleingelassen. Alles wogegen sie sich seit Monaten, seit Jahren gewehrt hatte, war plötzlich stärker als Sie und hatte ihr trotz gut überlegter Gegenwehr gar keine Chance gelassen.

Da war dieses Maulpferd, was Sie nicht hatte haben wollen. Da war der Vorsatz sich nicht in der Öffentlichkeit lächerlich zu machen und vor allen ihre Kinder frei zu halten von diesen Einflüssen, die einfach kommen, wenn eine alleinstehende Möchtegernlandwirtin skurrile Ideen hat. Da war der Jannik, der eigentlich lernen sollte, dass man nicht alles erreichen kann, nur weil man seinen Dickkopf durchsetzt, aber der halt doch immer mehr wie Sie kompromisslos auf seine Ziele zusteuerte. Und da war Thomas, dem sie nichts hatte versprechen wollen und der sich immer weiter und weiter in ihr Herz aufmachte, obwohl Sie immer wieder für sich eine gewisse Distanz gepachtet hatte und der sie wieder zu etwas bringen würde, was sie in ihrem Leben eigentlich nicht wollte. Und langsam bekam sie Angst, dass er sie auch noch zu etwas bringen würde, was sie in ihrem Leben auf gar keinen Fall mehr wollte. Und Hanna, Hanna, die in den letzten Jahren so oft ihr einziger Halt gewesen war. Ihre Hanna saß da und zählte eins und eins zusammen und hatte somit bestimmt wie es weitergehen sollte – einfach so. ´Die Wahrheit ist`, dachte Sie in ihrem Augenblick der Einsamkeit, ´die Wahrheit ist, Du kannst alles noch so genau planen und im Griff halten, die Wahrheit ist: Es lebt Dich doch! Du kannst an einem großen Lebensschaltpult ein paar Schalter hin und her legen, aber es entscheidet selber, welcher Schalter funktionieren soll und welcher nicht`.

Die anderen schauten sie betroffen an. Hanna und Jannik hatten nicht verstanden, was geschehen war. Thomas war verlegen. Er ahnte, was sich da gerade abgespielt hatte, er kannte sie, auch wenn sie oft über ihn gelacht hatte und zu überspielen versucht hatte, wenn er gemeint hatte, dass er sie kenne. Wortlos zog er den Korken aus der Flasche und füllte ihr Glas. „In diesem Jahr wird es zwei Sieger geben in Westerstede", sagte sie entschlossen und nahm einen großen Schluck. „Und Thomas bekommt seinen Preis." Sie lächelte ihn mit feuchten Augen an. Es gab kein zurück. Außerdem – die Starks kneifen nicht.

Gunnar Petersen hatte schon viel erlebt. Das Ammerland lebte von den Geschichten wie riesigen Welsen aus dem „Meer" oder meterhohen Teufelsstauden. Doch an diesem Morgen hatte es ´dem Fass den Boden ausgeschlagen` als diese Frau Stark aufgekreuzt war. Nicht nur, dass sie zwei Pferde in diesem Jahr für die Dressur gemeldet hatte, nein zum Geschicklichkeitsfahren für Einspänner hatte Sie ihren Sohn mit einem Pferd namens „Atze" angemeldet und dann war dieses Pferd auch noch ein Maultierhengst. Da war ihm doch glatt der Bleistift aus der Hand gefallen. „Abgelehnt!" Mit wuchtigem Bass hatte er sie hinauskomplimentieren wollen, doch es war nicht zu fassen. Entsprechend der Statuten hatte sie gleich einen ausgefüllten Nachmeldeantrag mitgebracht und außerdem sämtliche einschlägige Paragrafen aus der Turnierordnung zusammengefasst und ihm unter die Nase gerieben und daraus ging eindeutig hervor, dass die 1. Turnierordnung von 1902 keinerlei Vorschriften über Rassegehalt der beteiligten Pferde sondern nur einen Nachweis über die Zuchtstelle und die namentliche Rückverfolgbarkeit der Mutterstute und des Vaters verlangte. Tja, und Frau Stark hatte alles lückenlos belegt. „Rüssmann, Rüssmann!" Gunnar Petersen schüttelte den Kopf. Ein Maultier, ein Maultier würde in diesem Jahr beim Geschicklichkeitsfahren starten! Ihm war ganz schlecht bei dem Gedanken. „Die Reihenfolge des Starts wird ausgelost. Meldung eine Stunde vor Turnierbeginn. Bei Nichtantreten gibt's 100 Euro Strafe." Während er die Regeln für den Ablauf verkündete, dachte er intensiv darüber nach, wie er den Start dieses Gespannes verhindern könnte, aber er hatte alldem nichts entgegen zu setzen und ehe er richtig fertig war, hatte Frau Stark ihre Unterlagen schon wieder zusammengepackt und war verschwunden.

In den folgenden Wochen gab es viel Arbeit für Jannik und sein „Team". Das Team waren wie immer Mama, Hanna und Thomas. Frau Stark hatte einen eigenen Trainingsplan für ihn und Atze gemacht, und das obwohl Sie auch den Haffi und Liese gemeldet und selber alle Hände voll zu tun hatte. „Acht Wochen sind keine Zeit, wenn man ein Pferd auf ein Turnier vorbereitet. Du fängst jeden Tag aufs Neue an und wenn Du denkst Dein Pferd hat es begriffen, dann stellst Du plötzlich fest, dass Du etwas an Deinem Pferd nicht begriffen hast und dann fängst Du von vorne an." Also gab es für jedes Pferd ein eigenes Trainingsprogramm.

Atze musste an den neuen Wagen gewöhnt werden. Das war noch das Einfachste, wenn es auch zunächst so schien als müsse er alles neu lernen. Das Anfahren, das Abbremsen, Atze war einen schwereren Wagen gewohnt und wurde manchmal übermütig.

Während Jannik mit ihm übte, erklärte er ihm laut, was er von ihm wollte und am Spiel der Ohren des Maultiers glaubte man ablesen zu können, das dieses die Worte verstand. Überhaupt hatte Jannik selber das Gefühl, dass es weniger die Zügel waren, sondern vielmehr seine Stimme, die das Maultier lenkten. Bald hatte Jannik ihn so leicht im Griff, dass keine Sorge mehr bestand, dass er nicht parieren würde.

Thomas hatte die Idee, nicht nur einzelne Übungen zu fahren, sondern man könne doch den Parcours fürs Geschicklichkeitsfahren nachbauen. „Wenigstens die Länge und die Kurven", meinte Thomas, damit Jannik und Atze ein Gefühl für die Geschwindigkeit und die Ausdauer bekamen.

Während Jannik noch auf dem Reitplatz übte und ab und an auf dem Weg zur Landstraße hinauf Atze etwas mehr forderte, hatte Thomas bereits mit Konrad Ahrens gesprochen. Zwei Tage später fuhr Konrad mit dem Traktor auf die Brache hinter dem Reitplatz und zog mit Egge und Walze eine echte Rennbahn. Aus der Teilnahmebroschüre vom letzten Jahr, die Gunnar Petersen regelmäßig heraus gab, konnte man sehr gut die Längen und Breiten der Bahn ablesen.

Jannik fuhr jetzt den Parcours täglich mehrfach. Der Boden war etwas schwerer als auf dem Turnierplatz, aber das war sicher keine schlechte Ausgangsposition um sich an die Anforderung zu gewöhnen. „Gleichmäßig, nicht zu schnell", erklärte ihm seine Mutter immer wieder. „Die Geschwindigkeit kommt von alleine." Diesmal würde er sich auch an die Anweisungen halten, dass hatte sich Jannik fest vorgenommen.

Vier Tage später kam Konrad mit einer Ladung Lehmboden und schüttete den Hügel und einen Wall auf, genauso, wie er am Turnierplatz am Schloss auch war. Jetzt wurde es langsam perfekt.

Die Stimmung im Hause Stark wurde von Tag zu Tag aufgeregter. Kaum waren Hanna und Jannik aus der Schule zurück, waren sie bei den Pferden. Hanna übernahm wechselweise für ihre Mutter eines der beiden Pferde und übte immer wieder die Grundformen, während Mutter Stark die genaue Abfolge der Dressur einhielt.

Das Mittagessen fiel regelmäßig aus, ein paar Brote mussten bis zu Abend reichen. Dann saßen sie in der Küche zusammen und besprachen immer erneut, was zu verbessern war und wie die Chancen standen – eine verschworene Gemeinschaft, die es denen da draußen zeigen wollte.

Der alte Pritschenwagen kam nicht. Hanna schaute erneut zur Hofeinfahrt. Sie begann etwas unruhig zu werden, weil sie erst Lisa bewegt hatte und nicht wusste, ob Sie den Haffi noch satteln sollte. Wenn Mama nicht bald kam, würde Lisa wieder kalt werden und dann wäre es besser, sie abzureiben und in den Stall zu bringen. Jannik hatte Atze gebürstet und ihn dann angespannt. Jetzt fuhr er seine Runden hinten auf der Brache. Das gelegentliche Brüllen von Atze war weithin zu hören.

Mama würde anrufen, wenn sie später kam, das war die Regel. Aber das Telefon hatte nicht geläutet. Hanna führte Lisa zum Stall. Mama war jetzt mehr als eine Stunde überfällig. Warum? Sie hatten sich doch fest verabredet. Der Striegel fuhr über Lisas Hals, über die Seiten, den Rücken hinunter, über die Kruppe. Hannas Bewegungen wurden immer langsamer. Ihre Nervosität war sicherlich unbegründet, dachte Hanna, aber was wäre, wenn etwas passiert war? Sie konnte nicht verhindern, dass ihre Unruhe zunahm.

Da, endlich wehte das Geräusch des Motors von der Landstraße herüber. Kurz danach hörte man das vertraute Klappern, das immer zu hören war, wenn der Wagen über die Asphaltkante hinter der Brücke zum Hof einbog. Hanna ging nach vorn und wartete auf ihre Mutter an der Treppe. „Ich musste bis nach Hude." Frau Stark sprang aus dem Wagen. Vom Beifahrersitz zog sie ein großes in Packpapier eingehülltes Paket. „Wo steckt Jannik?" „Der fährt draußen mit Atze." Lisa war die Aufgeregtheit ihrer Mutter unverständlich. „Gut, komm, schnell, schnell." Frau Stark fasste Hanna an der Hand und zog sie ins Haus. „Schau her was ich gefunden habe." Sie wickelte das Packpapier, das das Paket zusammenhielt aus einander. „Hier, noch fast neu. Meinst Du das steht ihm?" Sie hielt die Jacke hoch, die zum Vorschein gekommen war. Eine schwarze Turnierjacke mit samtglänzenden Revers und ein schwarzer Reiterhelm. „Eine Hose gab's leider nicht. Meinst Du das passt ihm?"

Frau Stark blickt ihre Tochter an. Erst jetzt merkte sie, dass etwas nicht stimmte. „Was ist? Freust Du Dich nicht?" „Ja, ist schön", Lisa schaute auf die Jacke. „Was ist los? Was hast Du?"

Ihr war klar, dass Hanna nicht damit glücklich sein konnte, dass sie und Jannik am Turnier teilnahmen und Hanna nur Helferin war. Aber das war klar gewesen. Die Dressur war noch viel zu schwierig und der Haffi lief nur bei ihr. Bis Ronda zu einem Turnier gehen würde, würden noch zwei Jahre nötig sein. Das war doch alles klar.

„Du hast nicht angerufen." Lisa schaute ihre Mutter an. „Ich hatte alles vorbereitet, Lisa steht wieder im Stall. Du hast nicht angerufen."

Der Helfer wird nicht informiert, dachte Frau Braun. Der Helfer muss warten, der Helfer muss das tun, was die anderen sagen. Der Helfer wird bedeutungslos, es sei denn er wird zu Beifallspenden gebraucht.

Hanna rollten die Tränen über die Wangen. Frau Stark ging auf ihre Tochter zu. Sie nahm sie still in die Arme. „Es tut mir leid, ich hab nicht dran gedacht. Ich war so aufgeregt." Sie blieben eine Weile so stehen, bis Frau Stark merkte, dass Hannas Weinen langsam aufgehört hatte. „Danke, dass du Lisa versorgt hast", sagte sie. Sie strich ihr behutsam die feuchten Haarsträhnen aus dem Gesicht. „Lass uns zu Jannik gehen. Das mit der Jacke hat noch Zeit. – Vielleicht machen wir heute mal eine Pause."

Sie fassten sich an der Hand als sie draußen zur Weide hinübergingen. Es gibt Dinge, die einfach wichtiger sind, dachte Frau Stark, auch wichtiger als so ein blödes Turnier.

Jannik zog noch einmal den Kinnriemen seines Helmes fest. Jeden Schritt, jede Kurve hatte er sich eingeprägt. Der Parcours zu Hause auf der Großen Weide hatte sich fest in sein Gedächtnis gebrannt. Jeden Meter kannte er, den großen Hügel, die langgezogene Steigung und die buckelige Stelle entlang der hohen Baumreihen. Für die Markierung der Spitzkehre am anderen Ende hatte sogar der Weihnachtsbaum, den Frau Stark im Topf hatte, dran glauben müssen.

Der Parcours war ganz leicht, fand er. Das schwierigste war Atze zu zügeln und so zu lenken, dass er nicht schon zu Beginn so rannte und dann nach der Hälfte langsamer wurde und dann vielleicht keine Lust mehr hatte.

Hanna hielt die Zügel und erklärte Atze genau, was er zu tun hatte. Dabei rieb sie ihm die Nase und sprach zugleich beruhigend auf ihn ein. Man konnte überzeugt davon sein, dass Atze alles verstand. Er war hellwach. Neugierig spielten seine Ohren hin und her und immer wieder knabberte er an Hannas Jacke, in der er Möhren oder eine andere Belohnung vermutete.

Der Wagen blitzte und funkelte in der Sonne, graues Aluminium, blinkendes Chrom. Das lederne Geschirr schmiegte sich eng an den Hals des Maultieres. Heute früh hatten sie Atze nicht nur sauber gemacht und gestriegelt, Mama hatte sogar die Hufe mit schwarzer Hufcreme eingerieben, so dass sie jetzt kurz vor dem Einfahren schnell noch einmal mit einem Tuch blank poliert werden konnten. Schwarz, rot, grau und silbern, „Absolut cool", hatte Hanna gemeint. Dann kam der Aufruf.

Ein leichtes Schnalzen und Atze zog an, leicht gegen die Trense, genau wie sie es geübt hatten. Er begann langsam schneller zu werden. Die Fahne ging runter jetzt galt es. „Jetzt geht´s los", flüsterte Jannik seinem

Maultier zu. „Jetzt." Die Ohren spielten von vorne nach hinten, dann wieder nach vorne. Jannik ließ ihm die Zügel. Die weiche Gerte in seiner Rechten schwang mit, doch Atze schien nur auf sein Worte zu hören. Der leichte Trapp verwandelte sich in einen langgestreckten nahezu rasenden Kreuzgang immer schneller und schneller. Jetzt lief Atze wie ein Uhrwerk. Die erste Kurve nach dem kleinen Hügel. Atze blökte und schrie, ein triumphierender Freudeschrei. Sie sausten durch den Wassergraben. Das Wasser spritzte und tauchte alle in eine Fontäne. Atze schrie wieder. „Ich bin es", schien er zu rufen. „Schaut her, ich bin es!" Jannik verstand sein Maultier und feuerte es an. Längs die schräge Ebene hinauf Atze war nicht zu beeindrucken. Oben gleich die scharfe Wendung und auf der anderen Seite hinunter. Atze quäkte und brüllte bei jeder Drehung. Die Zuschauer fingen an zu lachen. Dieses Gespann war so verrückt, wie sie es noch nie erlebt hatten und rasend schnell dazu.

Das Maultier zog seinen Lenker und dessen Wagen in einer atemberaubenden Geschwindigkeit durch den Parcours und wieherte und schrie nach jeder bestandenen Prüfung, als wolle es allen sagen, wie gut er es gemeistert hatte. Jetzt ging es durch die beiden Baumengengen hindurch, die im rechten Winkel lagen, längs durch die Matschrinne und dann quer durch die ganze Bahn über den Naturhügel zur Zielgeraden hinauf. Atze war gar nicht mehr zu stoppen. Das Publikum johlte und klatschte. Atze brüllte und schrie. Dann sausten sie durch Ziel.

Applaus von den Rängen. Die Zuschauer sprangen auf. Einige riefen Zugabe, Zugabe. Jannik hatte Mühe das Maultier zu bändigen. Er ließ es in einer weiten Runde auslaufen, während die Menge immer noch applaudierte.

„Eine Minute 42 Sekunden. Das ist nicht zu schlagen", murmelte Frau Stark am Rande. Die anderen Gespanne konnten nicht so schnell sein. Das was sie auf den Graden gewannen, verloren sie in den Wenden und in den Geschicklichkeitsprüfungen. Die Besten fuhren etwas unter 2 Minuten Sie wusste in diesem Augenblick nicht, ob sie sich freuen sollte oder nicht. Das Bedürfnis sich wegen des nervigen Gebrülls ihres Koboldes zu verstecken war mindestens ebenso groß wie die Freude über diese Leistung. „Das ist so verrückt, das glaubt uns kein Mensch", presste sie hervor.

Thomas hatte es die letzten Sekunden nicht mehr hinter der Absperrung gehalten. Er, der sich nie hatte träumen lassen, jemals auf eine solche Veranstaltung von so vornehmen Leuten zu gehen, hatte die Arme hochgerissen und war durch die Absperrung hindurch einfach mitten auf den Turnierplatz gerannt. Dort stand er mit hochgereckten Armen und schrie „Atze, Atze …!" Die Lautsprecher knackten und übersteuerten. Gunnar Petersen reagierte prompt: „Verlassen sie sofort den Parcours." Seine mechanische Stimme hallte über den Platz. „Verlassen sie sofort den Parcours." Zwei Ordnungskräfte rannten hinüber zu Thomas. Der hatte sich wohl über sich selber erschreckt und nahm die Arme wieder herunter und rief: „Entschuldigung, Entschuldigung." Die Zuschauer fingen wieder an zu lachen, die Lautsprecher lärmten weiter. Man konnte Gunnar Petersens Stimme anhören, wie sehr er sich ärgerte. Die beiden jungen Männer, die bei Thomas ankamen trauten sich nicht ihn anzufassen, doch der hob nur beschwichtigend die Arme. „Tut mir leid", rief er. „Hab mich nur so gefreut." Dann lief er wieder zurück.

Die Lautsprecher tönten immer noch. Gunnar Petersen hatte vergessen ihn wieder abzustellen. Im Wiederhall schepperte nun ein Stimmenwirrwarr über den Platz. Wortfetzen wie „unmöglich … war gezwungen ... Disqualifikation ... Satzungsänderung" und eine Reihe ausgemachter Schimpfwörter wehten bruchstückhaft zu den Zuschauern und zu Frau Stark und Thomas herüber. Oben in der Sprecherkabine brüllten sich die Schiedsrichter und der Organisator gegenseitig an. Dann knackte es und es herrschte wieder Ruhe auf dem Platz.

Jannik hatte inzwischen seine Runde hinter sich gebracht und kam mit Thomas gemeinsam an der Schranke an. Hanna lief den beiden entgegen. Das Maultier hatte auch nach der Zieldurchfahrt sein Gebrüll immer noch nicht abgestellt, auch wenn es jetzt längere Pausen brauchte und spürbar heiserer geworden war. Kaum jedoch kam Hanna in sein Blickfeld, stellten sich seine Sinne offenbar auf Naschen und willig nahm er eine ihrer Karotten entgegen. Thomas hatte Jannik an den Hüften genommen und ihn von seinem Sitz gehoben. Anstatt ihn jedoch auf dem Boden abzusetzen, hielt er ihn hoch in die Luft und brüllte: „Du Teufelskerl, das schlägt keiner mehr. Heute nicht mehr!"

Jannik war ganz zitterig, als er zur Siegerehrung wieder hinausfahren sollte. Plötzlich war die ganze Anspannung weg. Plötzlich gab es kein Rennen mehr, plötzlich starrten ihn Hunderte von Augenpaaren an und plötzlich funktionierte gar nichts mehr.

Ein zwölfjähriger Junge saß auf dem Kutschbock und die Tränen rollten über sein Gesicht. Frau Stark nahm Atze am Halfter und führte sie hinaus. Hanna kletterte gewandt zu ihm hinauf, quetschte sich neben ihn in die Sitzmulde und nahm die Zügel.

Bürgermeister Trogsal lächelte breit wie eine Zahnpasta Reklame als er Atze den Siegerkranz umhängen wollte, dabei zwinkerte er Frau Stark heftig zu. Doch Atze ließ sich diese Gelegenheit nicht entgehen. Er untersuchte zuerst die Jackentasche des Bürgermeisters und zerrte ein Taschentuch hervor, dann senkte er der Kopf und erwischte einen der beiden Schuhe, um ein wenig das Schuhband zu lösen. Das gelang ihm zwar nicht, aber während Hannes Trogsal Jannik gratulierte, hatte er schon längst den Saum des Jackenärmels erwischt und den Arm des Bürgermeisters beinahe ausgezogen. Während der Bürgermeister sich geschickt aus der Situation herauswand, tat Frau Stark als würde sich nichts bemerken.

Jannik hatte so weiche Knie, dass er kaum stehen konnte. Jetzt war er es, dem Atzes Verhalten etwas peinlich war. „Er ist manchmal etwas ungezogen", entschuldigte er sich. „Aber ein richtig gutes Zugpferd", strahlte er dann. Erst jetzt wurde ihm bewusst, wie groß Atze inzwischen geworden war.

„Einen herzlichen Glückwunsch Jannik." Johannes Trogsal heftete Jannik eine Schleife an die Turnierjacke. Er versuchte dem aufdringlichen Maultier auszuweichen, in dem er wiederholt von einem Bein auf das andere wechselte. „Das habt ihr ganz großartig gemacht." Jetzt schaute er doch mehr Frau Stark an. Noch immer versuchte er bei ihr zu punkten.

Plötzlich blieb sein Lächeln wie eingefroren stehen. Etwas unterhalb seines Gesäßes spürte er ein paar kräftige Pferdelippen, die sich offenbar voran arbeiten wollten. Langsam wich er Schritt für Schritt zurück, jedoch nicht ohne das Maultier auch nur eine Sekunde aus den Augen zu lassen. Frau Stark strahlte ihn an, doch Johannes Trogsal war viel zu sehr damit beschäftigt, seine eigene Unversehrtheit zu retten, als dass er den fröhlichen Schalk hätte erkennen können, der ihn in diesem Augenblick über ihre Schulter anblickte.

Niemand hatte bisher bemerkt, dass das Taschentuch, das aus seiner Jackentasche zur Erde geglitten war, irgendwie gar nicht wie ein Taschentuch aussah, mit diesen dünnen Bändchen und diesen rosa Spitzen.

Die Heimfahrt war ein glückseliger Triumphzug geworden. Frau Stark und Hanna fuhren mit dem Pferdetransporter vorneweg, Thomas und Jannik mit dem Jeep und dem neuen Turnierwagen hinterher. Die Nachricht von dem eigenartigen Turnierausgang hatte sich schon längst im gesamten Ammerland verbreitet. Während der Heimfahrt hatte Frau Starks Handy mindestens fünf Mal geklingelt und Hanna selber hatte bereits ihre halbe Klasse angerufen.

Doch als sie die lange Schleife zur Einfahrt des Starkschen Hofes hinunterfuhren traf sie beinahe der Schock. Am liebsten hätte Frau Stark ein bisschen Gas gegeben, als sie Hinnerk Jensen sah. Mitten in der Einfahrt stand er auf eine Heugabel gestützt, so dass man nicht vorbeikam. Er lüftete die graue Kappe, um sich mit einem Tuch den Schweiß von der schütteren Glatze zu wischen.

Die Prozession blieb stehen und Frau Stark kurbelte die Scheibe hinunter. „Gibt Gewitter heut Nacht", raunzte er. Man sah ihm an, dass er direkt von Heumachen gekommen war. „Hab keine Zeit für langes Palaver." „Was wollen Sie?" Frau Stark war fest entschlossen sich den Abend nicht verderben zu lassen. „Nur mal gratulieren." Hinnerk Jensen kräuselte die Nasenflügel und sog kurz die Luft ein, „Wie sich das unter guten Nachbarn mal so gehört." Frau Stark hatte eine Attacke vorbereitet, doch Hinnerk schaute an ihr vorbei und ging direkt zum Jeep auf Jannik zu: „Das war ein echtes Gesellenstück, Jannik. Alle Achtung." Er schob seinen Arm durch das heruntergekurbelte Fenster und schüttelte Janniks Hand. Thomas musste grinsen. Frau Stark staunte nicht schlecht, doch Hinnerk Jensen war noch nicht am Ende. „Weißt Du Jannik, ich hab einen Vierspänner, Du weißt schon, meine Schwarzen, da brauch ich manchmal einen Beifahrer, der auch mal bei den Pferden helfen kann. Das kann nur einer machen, der davon auch was versteht." Frau Stark war perplex. Die Schwarzen waren prächtige Friesen und im ganzen Kreis bekannt. Mit denen startete Hinnerk Jensen auf dem Turnier in Oldenburg. Vier Stück, einer schöner als der andere und sie hatten in Oldenburg und auch außerhalb schon so manchen Preis gewonnen. Sie hatte Hinnerk einiges zugetraut, aber so was. „Also, Du kommst morgen Abend mal rüber." Hinnerk Jensen hielt ihm die Hand hin. Jannik bekam rote Ohren. Das war ein Angebot. Er ergriff Jensens Hand und schlug ein. „Ja gerne Herr Jensen. Morgen Abend." „Viertel vor Acht", brummte dieser noch und drehte sich um.

Frau Stark hatte ihr Lenkrad fest umklammert. Diesmal würde sie die Kupplung einfach schnacken lassen wenn Hinnerk Jensen wieder an ihrem Auto vorbeiging. Doch der beachtete Sie gar nicht oder er konnte scheinbar ihre Gedanken lesen. Er ging hinten um das Auto herum, kam jedoch zurück und klopfte jetzt an die andere Scheibe: „Wir Bauern arbeiten nämlich bei so´m Wetter, Frau Stark. Die Ernte wartet nicht." Dann schulterte er seine Heugabel und verschwand über die kleine Brücke in Richtung auf seine Felder zu.

Thomas war inzwischen ausgestiegen und blickte zum Fenster hinein: „Hab ich Dir doch gesagt", er hielt sich etwas auf Distanz, weil er nicht wusste, ob nicht gleich eine Explosion im Inneren des Autos stattfinden würde. Dennoch, konnte er sich ein Lachen nicht verkneifen. „Hinnerk ist nicht so, - denkt man nur manchmal." Den Bruchteil einer Sekunde später hatten ihn die durchdrehenden Reifen des alten Pritschenwagens in eine Staubwolke gehüllt.

Erst nach Mitternacht kamen sie langsam zur Ruhe. Während die Kinder nach langen aufgeregten Gesprächen ins Bett gingen, saßen Thomas und Frau Stark noch draußen auf der Treppe vor dem Hauseingang. Erschöpft aber glücklich, wie Kinder die eigentlich auch längst ins Bett gehört hätten, aber einfach noch nicht wollen, weil sie den Tag, der schon längst vorüber ist, noch weiter auskosten möchten.

Hanna träumte von Ronda. Sie tanzte im Sonnenlicht über das Grün eines großen Turnierplatzes. Hunderte, nein Tausende sahen ihr zu. Sie hatte ihr weiße Bänder in den Schweif gewunden und die Fesseln weiß bandagiert. Der Schweiß ließ ihr dunkles Rotbraun noch etwas dunkler wirken und der Wind blähte die lange schwarze Mähne. Die Menschen flüsterten und raunten sich zu: „Das ist sie, eine Königin ..."

Jannik träumte von einem großen Vierspänner. Vier prachtvolle schwarze Pferde zogen einen geschmeidigen schwarzen Kutschwagen mit messingfarbenen Beschlägen und hohen Rädern. Eines der vier Pferde war ein bisschen anders als die anderen. Es hatte etwas größere Ohren, einen buschigen Schwanz und es stieß heftige Anfeuerungsschreie aus. Man konnte deutlich erkennen, dass dieses Pferd den Ton bei den Vieren angab.

Es hatte keinen weiteren Sieger aus dem Hause Stark gegeben. Der Haffi war gut gewesen, sehr gut sogar, aber die prachtvollen anderen Pferde hatten ihm doch die Schau gestohlen. Lisa war unter ferner liefen gepunktet worden, etwas ungerecht, aber sie war auch noch nicht wieder ganz die Alte und nicht so gut wie, sie hätte sein können. Frau Stark mochte nicht darüber nachdenken, dass Gunnar Petersen vielleicht gemogelt hatte.

Die Dämmerung hatte die Dunkelheit folgen lassen. Die Flasche, die am unteren Treppenabsatz stand war längst leer. Die beiden Gläser, die sie mit hinausgenommen hatten waren ebenfalls leer. Schon einige Zeit hatten sie nichts mehr gesagt. Die Müdigkeit war in Ihnen, doch sie konnten einfach nicht ins Bett gehen. Der Tag war so voll gewesen und nur langsam kehrten sie wieder zum Erdboden zurück.

So saßen Sie eng aneinander geschmiegt. Sie nahm seine Hand und führte sie an ihre Lippen. Sie öffnete sie und küsste sacht die Handinnenfläche. Dann rollte sie seine Finger wieder zusammen und legte ihren Kopf an seine Schulter.

"Erzähl mir von Skagen." Thomas fühlte, wie sich seine Nackenhaare plötzlich aufrichteten. „Du meinst ...?" Frau Stark nickte. „Erzähl mir von Skagen, wie oft warst Du schon da?" Thomas musste plötzlich schlucken. „Na ja, ..." Sie hielt seine Hand und lauschte. Seine Stimme klang etwas belegt als er anfing. Sie hörte erst auf die Worte, dann auf den warmen Tonfall seiner Stimme.

Während sie die Augen schloss, spürte sie wie etwas hoch kam, von dem sie angenommen hatte, dass sie es seit Jahren längst im Griff gehabt hätte. „Skagen", dachte sie. „Wo der Wind den Duft des ewigen Eises trägt. Wo die Sonne viel heller scheint als hier bei uns, wo das helle Licht über das Wasser tanzt und das eiskalte Blau an den Strand trägt." Sie ließ es kommen. Es gab kein zurück.

„Du würdest mir alles zeigen?" unterbrach sie ihn. „Ja, aber ich denke ..." „Wenn Du dabei bist, habe ich keine Angst." Thomas schluckte wieder. „Es macht mir nichts aus, dass Du ..." Er unterbrach sich selbst. Nach einer Weile fuhr er fort: „Ich freue mich darauf."

Sie schwiegen wieder.

„Wenn Du willst, kannst Du bleiben", sagte sie zu ihm. Sie hielt inne. „Ich meine, - nicht nur für heute Nacht." Es gab kein Zurück mehr, wohin auch?